AF361051

LIVRES D'ÉTRENNES

BEAUX LIVRES DE LUXE & DE BIBLIOTHÈQUES

OUVRAGES A GRAND RABAIS ET OCCASIONS

AVIS. — *Nous avons l'honneur d'informer notre clientèle que nous possédons en magasin les Livres étrangers les plus courants, et nous nous chargeons de fournir, dans un délai de cinq à six jours. toutes les commandes qui nous sont adressées. — Abonnements à tous les journaux politiques, scientifiques et littéraires publiés à l'étranger.*

Nous fournissons avec de fortes remises la **Librairie, Papeterie, Maroquinerie, Articles de Bureau** *et* **Musique** *de tous les éditeurs de Paris.*

A partir de **25** fr., les achats sont expédiés dans toute la France, franco de port et d'emballage.

ERNEST FLAMMARION & A. VAILLANT

Galeries de l'Odéon, 1 à 9, et 4, rue Rotrou, PARIS.

VOLUMES ANNUELS & PUBLICATIONS DE NOËL

Le Tour du Monde. Journal des Voyages (année 1896). Chaque semestre, br., 12 fr. 50 net . . . . **10 fr. 95**
Les 2 semestres réunis en 1 vol., demi-rel., 32 fr., ... net. **27 fr. 75**

Le Journal de la Jeunesse (année 1896). Chaque semestre, br., 10 fr., net. **8 fr. 75**
Rel. percaline, 13 fr., . . . net. **11 fr.** »

Mon Journal. Illustré de gravures en noir et en couleurs, à l'usage des enfants de 8 à 12 ans (année 1896). 1 vol. in-8°, broché, 8 fr., ... net. **7 fr.** »
Cartonné, 10 fr., ... net. **8 fr. 75**

Revue Mame (année 1896). 1 vol. in-8°, relié percaline. . . . . **8 fr. 75**

Le Magasin d'Éducation et de Récréation (année 1896). Chaque semestre, br., 7 fr., ... net. **6 fr.** »
Chaque semestre, rel., 10 fr., net. **7 fr. 75**

Le Magasin Pittoresque (année 1896). 1 vol. in-4°, br., 10 fr., . . . net. **8 fr. 75**
Relié toile. . . . . **10 fr. 10**

Saint-Nicolas. Journal ill. pour garçons et filles (année 1896). 1 vol. in-8°, broché, 18 fr. . . . . net. **15 fr. 75**
Rel. toile, tr. blanche, 22 fr., net. **19 fr. 25**
Rel. tr. dorées, 23 fr., . . . net. **20 fr.** »

Le Petit Français illustré (année 1896). 1 vol. in-8°, relié toile, fers spéciaux, 9 francs, ... net. **8 fr.** »

L'Écolier illustré (année 1896). 1 vol. relié, toile, ... net. **3 fr. 95**

Almanach de Gotha. 1 volume relié net. . . . . **9 fr. 50**

Almanach Hachette (pour 1897). Petite encyclopédie populaire de la vie pratique, ouvrage contenant deux millions cinq cent mille lettres, 25 cartes et plans et 1.000 figures dans le texte, ou groupées en tableaux. 1 vol. in-16, broché, net. **1 fr. 35**

Relié. . . . . net. **2 fr. 50**
Cartonné, ... net. **1 fr. 75**

Les années antérieures réunies en 1 vol. de 600 pages cart. tr. rouges, net. **2 fr. 50**
Rel. maroquin souple. . . net. **3 fr. 95**

Annuaire Astronomique et Météorologique (pour 1897), par Camille Flammarion. 1 vol. in-16, ill. de nombreuses gravures, broché, ... net. **1 fr. 10**

Annuaire du Bureau des Longitudes pour l'an 1897, 1 vol. in-18 br. net. **1 fr. 50**

Figaro-Noël. numéro exceptionnel de Noël. . . . . net. **3 fr.** »

Illustrat.-Noël (1896-1897), net. **2 fr. 75**

Almanach Vermot, br., . net. **1 fr. 35**
— — cart., net. **2 fr. 25**

Almanach Dupont, br., . net. **1 fr. 35**
— — cart., net. **2 fr. 25**

Almanach Français, br., net. **1 fr. 35**
— — cart., net. **2 fr. 25**

Heureuse Année. Album calendrier pour 1897, jolies planches en couleurs et en noir, net. . . . . **1 fr. 25**

Calendrier François Coppée pour 1897. Ravissant petit album oblong, 12 aquarelles pour les 12 mois de l'année et nombreuses poésies du Maître, net. . . . . . **2 fr. 25**

CALENDRIERS PERPÉTUELS

(Ces Calendriers, très élégants, sont destinés à être accrochés.)

Les Amis fidèles (chromo), rubans satin, net. . . . . **1 fr. 75**

La Lune (chromo), rub. sat., net **1 fr. 75**

Les Chats (chromo), rub. sat., net **1 fr. 75**

Bébé (chromo), rubans satin, net **1 fr. 75**

L'Héraldique, passementerie avec glands, bloc mensuel, ... net. **1 fr. 75**

Le Croissant, passementerie avec glands, bloc mensuel, ... net. **1 fr. 75**

Puvis de Chavannes
Par Marius VACHON.

OUVRAGE DE GRAND LUXE

100 gravures dans le texte et 15 grandes planches hors texte en héliogravure. Reproductions sous la direction du maitre des grandes œuvres décoratives et des principaux tableaux de l'artiste.
Un vol. grand in-4°. Au lieu de 40 fr. . . . . . . net **27 fr. 75**.

Nous engageons nos clients à profiter des derniers exemplaires de cet ouvrage, que nous livrons au prix de souscription. A partir du mois de janvier, le prix sera de **35** fr. net le volume.

NOUVEAUTÉS D'ÉTRENNES

Album de la science : savants illustres, grandes découvertes 4 vol. gr. in-8, nombreuses gravures, relié 5 fr. . . . . net. 4 fr. 50

ALEXANDRE (Arsène). **Histoire populaire de la peinture. École italienne** Un beau volume orné de 250 gravures. Broché 10 fr. net 8 fr. 75
Relié 15 fr. . . . . net 13 fr. »

AUDOIN. **Pour les potaches.** 1 vol. gravures. Relié toile 5 fr. 75. . . . . net 3 fr. 15

BADIN (Ad.). **Une famille parisienne à Madagascar.** 1 vol. in-8, relié toile, nomb. gravures. 10 fr. net. . . . . 8 fr. 75

— **Jean-Baptiste Blanchard au Dahomey.** 1 vol. in-8, relié toile. Belles illustrations 10 fr. net. . . . . 8 fr. 75

BAZIN (René). **Stéphanette.** 1 vol. in-4, cart. plaq. 5 fr. . . . . net 4 fr. 50

BEAUREGARD (Docteur Henri). **Nos bêtes.** 2 vol. in-4, nomb. gravures, cart. toile, chaque vol. 25 fr. . . . . net 22 fr. »

BEAUVOIR (Roger de). **Légion étrangère.** Ouvrage illustré de nombreuses gravures, fort volume in-8 cart., percaline 9 fr. 50 . . . net 8 fr. 45
Demi-rel., tr. dor. 11 fr . . . . . . net 9 fr. 40

BENTZON (Th.). **A la rose blanche.** 1 vol. in-8, belles gravures, cart. 6 fr. . . . . net 5 fr. 25

BERNARD (Marius). **La France de Port-Vendres à Vintimille.** 1 vol. orné de 130 dessins de Chapon. Broché 10 fr. . . . . net 8 fr. 75
Relié 13 fr. . . . . net 11 fr. »

BLANDY (S.). **Le Capitaine aux pieds nus.** Belles gravures, relié toile. 5 fr. . . . net 4 fr. 50

BOURGAIN (G.). **Le Marin français.** Un beau vol. orné de 32 planches. Relié 9 fr. . net 8 fr. »

BRISAY (Henry de). **Les Contes de l'Épée.** 1 vol. cart. plaque, gravures, 5 fr. . . . net 4 fr. 50

CAHU (Théodore). **L'Histoire de Du Guesclin, racontée à mes petits enfants.** Magnifique album in-4, gravures en couleurs, cartonné plaque 10 fr. . . . . net 8 fr. 75

Capitales du Monde (Les). Un splendide volume, quantité de gravures. Broché 8 fr. net 7 fr. »
Cartonné, 10 fr. . . . . net 8 fr. 75

CAPUS (Guillaume). **A travers la Bosnie et l'Herzégovine.** Études et impressions de voyage. Beau vol. in-4, nombreuses gravures, broché 25 fr. net. . . . . 22 fr. »
Relié, 35 fr. . . . . net 30 fr. 50

CHRISTOPHE. **Les Facéties du sapeur Camember.** Un magnifique album in-4 oblong en couleurs, élégante rel., fers spéciaux 10 fr. net 8 fr. 75

CICÉRI (Eugène). **Cours complet d'aquarelle (Paysage).** Un vol. in-4 avec 45 chromolithographies. Relié. 40 fr. . . . . . net 35 fr. »

CLARETIE (Léo). **Les Coins de Paris.** 1 vol. grav., cart. plaque. 5 fr. . . . . net 4 fr. 50

DIGUET (Charles). **La Chasse en France.** 1 vol. orné de nomb. grav. Broché, 10 fr. net 8 fr. 75
Cartonné 13 fr. . . . . net 11 fr. »

DILLAYE (F.). **La Pratique en photographie**, avec le procédé au gélano-bromure d'argent. Un très beau vol. in-8, orné de 200 illustrations dont 43 phototypographies d'après les photographies de l'auteur. Broché, 4 fr. . . . . net 3 fr. 50

DILLAYE (F.) **L'Art en photographie. Art et nature. Le paysage. La figure.** Un très beau vol. in-8 orné de nomb. illustr. d'après les photographies de l'auteur. Broché, 4 fr net 3 fr. 5

— **Mademoiselle de Fierlys**, illustré de nomb. gravures. Cart. toile, 13 fr. . . . net 11 fr. »

D'IVOI (Paul). **Cousin de Lavarède.** 1 vol. illustré de nomb. gravures. Cartonné plaque. 12 fr. net. . . . . 10 fr. 50
Relié 15 fr. . . . . net 13 fr. »

DUBOIS (M.) et C. GUY. **Album géographique.** 1 vol. in-4, nomb. grav. Cartonné toile 20 fr. net. . . . . 17 fr. 50

DUPUIS (Eud.). **Le Page de Napoléon.** illustrations de Job. 1 vol. in-4 relié toile 15 fr. net. . . . . 13 fr. »

FRAIPONT (G.). **L'Art d'utiliser ses connaissances en dessin.** 1 vol. in-8, orné de 300 dessins, reliure élégante, 12 fr. . . . . . . net 10 fr. 50

— **Eau-forte, pointe sèche, burin, lithographie.** 1 vol., 2 fr. . . . . net 1 fr. 75

— **Le Fusain. Figure. Paysage.** 1 vol. broché, 2 fr. net. . . . . 1 fr. 75

— **Le Crayon et ses fantaisies. Sanguine. Dessins réhaussés.** 1 vol. broché, 2 fr. . net 1 fr. 75

GRÉARD (O.). **Meissonier, son œuvre, ses souvenirs, ses entretiens.** Magnifique vol. gr. in-8, illustré de 48 planches en taille douce et en couleurs et 250 grav. dans le texte. Broché. Au lieu de 40 fr. . . . . net 35 fr. »
Relié 50 fr. . . . . net 44 fr. »

GRUYER. **Chantilly. Les quarante Fouquet.** Superbe vol. in-4, orné de 40 héliogravures 100 fr. net. . . . . 88 fr. »

GUILLON (E.) **Quatre-vingts ans d'histoire nationale. 1815-1895.** 1 vol. cart. tr. dorées, gravures 7 fr. . . . . net 6 fr. »

HUGO (Victor). **Morceaux choisis, poésie.** 1 vol. in-16 broché, 3 fr. 50. . . . . . net 2 fr. 75
Relié 5 fr. . . . . net 4 fr. 50

LAFONTAINE. **Fables illustrées** par Vimar de 19 planches en couleurs, 50 sujets en camaïeu et 246 sujets dans le texte. Cartonné percaline plaque. 20 fr. . . . . net 17 fr. 50

LAURIE (André). **L'Écolier d'Athènes.** 1 vol. in-8. Belles illustr., cart. toile. 10 fr. net 8 fr. 75
Relié 11 fr. . . . . net 9 fr. 40

LAVISSE. **Album historique. Le Moyen âge.** Un beau volume in-4, nombreuses illustrations, relié toile 20 fr. . . . . net 17 fr. 50

LECLERC DU SABLON. **Nos fleurs, plantes utiles et plantes nuisibles.** Un élégant vol. in-4 orné de 300 figures relié toile 17 fr. . net 14 fr. »

LEGRAIN (Jules). **Amours et enfants** bibliothèque des peintres et des décorateurs. 1 vol gr. in-8 avec 32 planches en phototypie. 30 fr. net. . . . . 26 fr. »

LERMONT. **Siribeddi.** 1 vol. in-8, cart. toile, nomb. gravures 6 fr. . . . . . . net 5 fr. 25

LETURQUE. **L'Indien Blanc.** 1 vol relié fers spéciaux . . . . net. 8 fr.

LOIR (Maurice). **Au drapeau.** Un magnifique volume illustré d'après J. Le Blant. Broché 15 fr. . . . . net 13 fr.
Relié 20 fr. . . . . net 17 fr. 50

Nouveautés d'Etrennes (suite.)

MAEL (Pierre). **Fleur de France**. 1 vol. nom. gravures, cartonné. 10 fr. . . . . . net 8 fr. 75

Petit Ange. 1 vol. petit in-4 illustré de nombreuses gravures. Relié percal 10 fr. . . net 8 fr 75

MAROIS (Mme Blanche). **Le Premier Livre**. Album de 20 planches en couleur et 300 gravures. Elégante reliure 4 fr. 50 . . . . net 3 fr. 95

MARTEL (E.-A). **Irlande et cavernes anglaises**. Belles gravures. Relié toile 10 fr. net 8 fr. 75

MASPERO **Histoire ancienne des peuples de l'Orient classique** Tome I, broché, 30 fr. . net 26 fr.
Relié, 38 fr. . . . . 33 fr.

MEYER (Alfred). **L'Art de l'émail de Limoges** Ancien et moderne. 1 vol. in-8, avec 8 planches hors texte et nombreuses figures. 6 fr. net 5 fr. 25

MONTEIL (Edgar). **Mémoires de jeunesse de Benjamin Canasson, notaire**. Magnifique vol. illustré par P. de Sémant. Cartonné plaque 13 fr. net . . . . 11 fr.

MONTORGUEIL (G.). **France, son histoire, imagée** par Job. Superbe album tiré en couleur. 12 fr. net. . . . . 10 fr. 50

MONVEL (B. de). **Jeanne d'Arc**. Album in-4. oblong, élégante reliure 10 fr. . . . net 8 fr 75

MOTTE (Henri). **Petite histoire de l'art**. Un beau vol. orné de 110 grav. Broché 7 fr. net 6 fr.
Relié toile 10 fr. . . . . net 8 fr. 75

MUNTZ (Eugène). **Florence et la Toscane** Un magnifique volume orné de 375 gravures. Broché 30 fr. . . . . net 26 fr.
Relié 40 fr. . . . . net 35 fr.

NIOX (Génér.) **Guerre de 1870, simple récit**. 1 vol. 1 fr. 25. . . . . net 1 fr. 10.
Relié toile 2 fr. 25 . . . . net 2 fr.

NOLHAC (Pierre de). **La Dauphine Marie-Antoinette**. Magnifique volume orné de 39 planches en taille douce. Broché 60 fr. . . . net 52 fr. 75

ORTOLI (F.). **Le Monde enchanté** 1 vol cart. illustré 4 fr. 50 . . . . net 3 fr. 95

OTTIN. **Le Vitrail**. son histoire, ses manifestations diverses à travers les âges et les peuples. Beau vol. in-4. nombreuses gravures. Broché 35 fr net. . . . . 30 fr. 50
Reliure spéciale 38 fr. . . . . . . net 33 fr.

PERRAULT. **Ma sœur Thérèse**. 1 vol. in-8. illustré de nombreuses gravures. Cart. toile. 10 fr. net . . . . 8 fr. 75
Relié 11 fr. . . . . net 9 fr. 40

PERRONNET (Mme Amélie). **Deux copains**. Relié fers spéciaux 11 fr. . . . . . net 9 fr 40

PICARD (Commandant). **L'Armée en France et à l'Etranger**. 1 vol. petit in-folio orné de 20 sujets en couleurs et 150 gravures sur bois. Cartonné percal., plaque tr. dor. 15 fr. . . . net 13 fr.

PEYRE (Roger). **Napoléon et son temps**. Tome I. Bonaparte. Tome II. L'Empire. Chaque volume, gravures. Cart., fers spéciaux 15 fr. net 13 fr.
Relié plaque ou amateur 17 fr. net 14 fr. 50

ROBIDA. **Le Cœur de Paris. Splendeurs et souvenirs**. Magnifique vol. in-4. orné d'environ 250 dessins dans le texte, de lithographies, chromotypographies et d'une eau-forte tirées hors texte. Broché 25 fr. . . . . net 22 fr.
Relié fers spéciaux 31 fr. . . . . net 26 fr. 90
Reliure amateur 35 fr. . . . . . . net 30 fr. 50

— **Paris de siècle en siècle**, texte, dessins, lithographies, chromotypographies et eau-forte. Un beau vol. in-4 broché. 25 fr. . . . net 22 fr.
Relié fers spéciaux 31 fr. . . . net 26 fr. 90
Reliure amateur, 35 fr. . . . . . net 30 fr. 50

ROUSSET (le Commandant). **Scènes et épisodes de la guerre 1870-71**. Magnifique vol. gr. in-8, illustré de nombreuses grav. par Pallandre et Dosso. Broché 6 fr. . . . . . . net 5 fr. 25
Relié 9 fr. . . . . net 8 fr.

Saint Louis et les croisades : les premiers Valois d'après les chroniqueurs de Suger à Froissart, texte traduit par Mme de Witt née Guizot. 1 vol gr. in-8, nombreuses gravures. Broché 15 fr. net . . . . 13 fr.
Cartonné 20 fr. . . . . net 17 fr 50

SCHLUMBERGER (Gustave). **L'Epopée byzantine à la fin du X° siècle**. Broché 30 fr. . . . net 26 fr.
Cartonné 35 fr. . . . . net 30 fr. 50
Relié 40 fr. . . . . net 35 fr.

TOUDOUZE (Gustave). **La vengeance des Peaux de bique** Illustrations de Le Blant. Cartonné, tr. dor. 10 fr. . . . . net 8 fr. 75

VERDUN (Paul). **Pour la Patrie**. 1 vol. in-8. cart. percal. plaque, nombreuses gravures. 7 fr. net . . . . 5 fr. 25

VERNE (Jules). **Clovis Dardentor** 1 vol in-8 cart. toile, gravures. 6 fr. . . . . . . net 5 fr. 25

— **Face au drapeau. — Clovis Dardentor**. 2 ouvrages en 1 volume. Cart. toile 12 fr. net 10 fr. 50
Relié. 14 fr. . . . . net 12 fr.

— **Face au drapeau**. 1 vol. in-8. cart. toile. Belles gravures. 6 fr. . . . . net 5 fr. 25

VIRENQUE (Georges). **L'Album d'un Saint-Cyrien**. illustré de nombreuses gravures. Cartonné 8 fr. net . . . . 7 fr.

VUILLIER (Gaston). **La Tunisie**. 1 vol petit in-fol. orné de nombreuses gravures. Relié percaline, couverture en chromo, tranche blanche 20 fr. net . . . . 17 fr. 50

OCCASION

LES

ACTRICES DE PARIS

Portraits par E. de Liphart ; texte par E. Bergerat, J. Claretie, G. de Maupassant. F. Sarcey, etc.

Magnifique ouvrage contenant 32 biographies et portraits à l'eau-forte de Mesdames Croizette, Van Zandt, J Granier, C. Nilsson, Montbazon, Sarah Bernhardt. Reichenbert, Judic, Patti, Krauss, Baretta, Samary, Pierson, Tessandier, J. Hading, Montaland, Bartet, etc., etc.

Un beau volume grand in-8. reliure d'amateur soignée. Au lieu de 70 fr. . . . . . net 30 fr.

Nouveautés d'Etrennes (suite)

ARMAND DAYOT

LA RÉVOLUTION FRANÇAISE

Constituante — Législative — Convention — Directoire

D'après les Peintures, Sculptures, Gravures, Médailles, Objets du temps.
Superbe publication illustrée d'environ 2000 gravures

Un volume grand in-4° oblong . . . . Broché. . 20 fr. *Net.* 17 50
Riche reliure d'amateur, fers spéciaux, coins. . . . . 25 fr. — 22 »

PIERRE DE SÉLÈNES

UN MONDE INCONNU
DEUX ANS SUR LA LUNE

NOMBREUSES ILLUSTRATIONS DE GERBIER

Un volume grand in-8. . . . . Broché. . 10 fr. *Net* . . 8 75
Relié toile, tranches dorées, plaque or. . . . . 12 fr. — . . 10 50
— demi-chagain, tranches dorées. . . . . . 15 fr. — . . 13 »

FÉLIX DUBOIS

TOMBOUCTOU LA MYSTÉRIEUSE

(*Édition du FIGARO*)

Un beau volume in-8° avec de nombreuses illustrations.

Broché . . . . 10 fr. *Net* . . 8 75
Reliure spéciale d'amateur. . . . . 15 fr. — . . 13 »

Commandant ROUSSET
de l'Ecole Supérieure de Guerre

HISTOIRE GÉNÉRALE DE LA GUERRE
DE 1870-1871

*Ouvrage le plus complet qui ait été publié sur les événements de l'Année terrible
Récit scrupuleux et exact des opérations militaires.*

Six volumes in-8. . . . . Broché. . 45 fr. *Net* . . 39 »
Bonne demi-reliure chagrin, tranches jaspées. . 60 fr. — . . 50 »

NOUVEAUTÉS JAPONAISES

FLORIAN

FABLES CHOISIES

Illustrées par les meilleurs Artistes du Japon.
DESSINS, GRAVURE, TIRAGE, COLORIS, BROCHURE, ETC.
Entièrement fabriqués au Japon.

2 volumes sur papier créponné. Prix : 14 fr.. . . . . net **12** fr. »
Le même ouvrage en 2 volumes format album. Tirage de luxe. Prix: 17 fr. net **14** fr.**90**

Il a paru précédemment dans la même collection
LA FONTAINE

FABLES CHOISIES

Illustrées par un groupe des meilleurs artistes de Tokio (Japon).

2 volumes japonais (texte en français . Prix : 12 fr . . . . net **10** fr. **50**
Tirage numéroté sur papier Hô Sho. Prix: 30 fr. net **26** fr. »
— — Tori-no-ko. Prix: 50 fr. **net 44** fr. »

Ces remarquables ouvrages attirent l'attention des amateurs. Entièrement fabriqués au Japon, avec des gravures tirées en couleurs, ils offrent un cachet artistique absolument inconnu en France.

ALBUMS AVEC PLANCHES EN COULEURS
NOUVEAUTÉS

Je suis Peintre. Modèles de dessins. Prix : 2 fr. . . . . net **1** fr. **75**
Brillants Oiseaux. Grand format. Prix : 2 fr. . . . . net **1** fr. **75**
Nos Bêtes favorites. Grand format. Prix : 2 fr.. . . . . net **1** fr. **75**

JOLIE PETITE SÉRIE A 60 CENTIMES L'ALBUM

La Jolie Écolière. Un joli album colorié.
Marie la Jardinière. Un joli album colorié.
Mademoiselle Fleurette. Un joli album col.

La Petite Laitière. Un joli album colorié.
Nini la Bergère. Un joli album colorié.
Lili la Pêcheuse. Un joli album colorié.

Le Petit Chaperon rouge

Un album, personnage découpé. Prix: 1 fr. 25
net. . . . . **1** fr. **10**

Madame Poupée

Un album, personnage découpé. Prix 1 fr. 25
net. . . . . **1** fr. **10**

ON S'AMUSE BIEN

Joli album in-4 oblong, orné de planches en couleurs. Prix : 1 fr. 75. . net **1** fr. **60**

LE CIRQUE

Un album in-4, orné de planches en couleur.
Prix : 2 fr. . . . . net **1** fr. **75**

ALBUM MAGIQUE
A SURPRISES ET CHANGEMENTS A VUE
Illustré de 70 dessins en couleurs par HENRIOT.

Il suffit de feuilleter cet album en changeant le pouce de place. sans appuyer fortement, pour obtenir six transformations de dessins. 1 vol. in-16 colombier, cartonnage rouge.
Prix : 3 fr. . . . . net **2** fr. **50**

Nouveautés d'Étrennes (suite).

Vient de paraître

LOUIS BOUSSENARD

SANS-LE-SOU

Illustrations de CLÉURÉ

Un volume grand in-8, broché. Prix : 10 fr . . . . **net 8 fr. 75**

Relié toile, plaque. . . . . . . **12 francs.** | Demi-chagrin, tranches dorées. Prix : **15 fr.**
Net.. . . . . **10 fr. 50** | Net . . . . **13 fr.**

RONSARD

TREIZE POÉSIES

Musique de Spinetti. — Dessins en couleurs de Métivet.

PRÉFACE PAR FRANCISQUE SARCEY

UN ALBUM DE GRAND LUXE, AVEC COMPOSITIONS TIRÉES EN COULEURS

Prix, relié : 15 fr. . . . . **net 13** fr.

(Tirage à petit nombre.)

HECTOR MALOT

OUVRAGES ILLUSTRÉS POUR LA JEUNESSE (FORMAT IN-18)

Sans Famille. (Ouvrage couronné par l'Académie française.) Dessins de LŒWITZ. Nouvelle édition. 2 volumes. Prix : 7 fr. . . . . **net 5 fr. 50**

Cartonnage toile, tranches dorées. Prix : 10 fr. . . . . **net 8 fr. 75**

En Famille. (Ouvrage couronné par l'Académie française.) Illustrations de H. LANOS.
2 volumes. Prix : 7 fr. . . . . **net 5 fr. 50**

Cartonnage toile, tranches dorées. Prix : 10 fr. . . . . **net 8 fr. 75**

La Petite Sœur. Édition illustrée pas CHAPUIS, GUYOT, ROCHEGROSSE, HOGEL, etc., refon-
due spécialement pour la jeunesse. 2 volumes. Prix : 7 fr.. . . . . **net 5 fr. 50**

Cartonnage toile, tranches dorées. Prix : 10 fr. . . . . **net 8 fr. 75**

Comment discerner
Les Styles

Du VIIIe au XIXe Siècle

PAR

L. ROGER-MILÈS

UN FORT VOLUME IN-4° JÉSUS (22×30)

Cent planches spéciales pour chaque catégorie d'objets d'art et de curiosités

Contenant chacune de un à vingt motifs (neuf cents reproductions documentaires)

Montées sur onglets, chaque planche étant précédée d'une étude spéciale

Au lieu de **30 fr**. . . . *Net*. . . **26 fr**.

Le texte général est accompagné de nombreuses figures démonstratives sur le caractère spécial de chaque style dans chacune de ses divisions et subdivisions, et le volume est terminé par un Lexique documentaire des Connaissances utiles aux Amateurs d'Objets d'Art et de Curiosité, accompagné de huit cents Marques et Monogrammes de Faïences et Porcelaines, anciens Poinçons d'Orfèvres et de Fourbisseurs.

MOLIÈRE
THÉATRE

Splendide édition contenant la préface de 1682, annotée par G. Monval.

8 BEAUX VOLUMES IN-18, IMPRIMÉS AVEC LUXE SUR PAPIER DE HOLLANDE

Exemplaires numérotés, ornés des dessins de L. LELOIR, gravés à l'eau-forte par CHAMPOLLION

Brochés, au lieu de **80 fr**. . . . *Net*. . **60 fr**.

En jolie reliure d'amateur, les 8 volumes renfermés dans une gaine

Au lieu de **120 fr**. . . . *Net*. . . **90 fr**.

ALBERT CIM
GRAND'MÈRE ET PETIT-FILS

ILLUSTRÉ DE 70 GRAVURES D'APRÈS VUILLEMIN

Un beau volume in-8, broché . . . . **7 fr**. *Net* . . . **6 fr**.

Relié plaque spéciale, tranches dorées. . . **10 fr**. *Net*. . . **8 75**

AFFAIRE EXCEPTIONNELLE

BIBLIOTHÈQUE ILLUSTRÉE, format in-18

Reliure percaline, ornements en or, tranches dorées (genre Bibliothèque Rose)

Chaque volume, au lieu de **3 fr**. . . . *Net*. . **1 fr. 50**

SCOTT	Waverley, 24 gravures.	1 vol.
—	Quentin Durward, 24 gravures. .	1 vol.
COOPER	La Prairie. 24 gravures.	1 vol.
—	Le Pilote, 24 gravures.	1 vol.
—	Le lac Ontario. 24 gravures. . . .	1 vol.
ESTAS	Les bonnes gens, 15 gravures. .	1 vol.
ESLYS	La Fille à Jacques, 15 gravures. .	1 vol.

ROCHAG	Le Ménétrier de la République, 15 gravures.	1 vol.
DE LISLE	La Nièce du Docteur, 20 grav. . . .	1 vol.
OUIDA	Le Tyran du Village. 15 grav . .	1 vol.
NEMOURS-GODRE	L'Ermite de Clamart, 10 gravures	1 vol.

BIBLIOTHÈQUE CAMILLE FLAMMARION
VOLUMES GRAND IN-8 JÉSUS

Prix de chacun de ces volumes : Broché : 12 fr. Net **10** fr. **50**. — Relié toile, tranches dorées, plaque : 15 fr. Net **13** fr. Demi-chagrin : 18 fr. Net **15** fr. **75**.

CAMILLE FLAMMARION
Ouvrage couronné par l'Académie française.

ASTRONOMIE POPULAIRE
NOUVELLE ÉDITION ENTIÈREMENT REFONDUE
Centième mille

Un beau vol, gr. in-8 jésus, de 810 pages, ill. de 300 grav., 7 chromolith., cartes célestes, etc.

LES ÉTOILES ET LES CURIOSITÉS DU CIEL
Description complète du ciel, étoile par étoile, constellations, instruments, etc.
Quarantième mille

Un vol. in-8 jésus, illustré de 400 gravures, cartes et chromolithographies.

LES TERRES DU CIEL
Voyage sur les planètes de notre système et descriptions des conditions actuelles de la vie à leur surface.

Ouvrage illustré de photographies célestes, vues télescopiques, cartes et 400 figures.
Un volume grand in-8.

LE MONDE AVANT LA CRÉATION DE L'HOMME

ORIGINES DU MONDE — ORIGINES DE LA VIE — ORIGINES DE L'HUMANITÉ
Un volume in-8 jésus, illustré de 400 figures, 5 aquarelles, 8 cartes en couleurs.

LA CRÉATION DE L'HOMME
ET
LES PREMIERS AGES DE L'HUMANITÉ
Par H. DU CLEUZIOU.

Un vol. in-8 jésus, illustré de 400 fig., 5 gr. planches tirées à part, 2 cartes en couleurs.

GUSTAVE LEBON

LES PREMIÈRES CIVILISATIONS

Un vol. in-8 jésus, illustré de 434 grav. et restitutions, 9 gr. planches tirées à part, 2 cartes.

ÉMILE DESBAUX

PHYSIQUE POPULAIRE

Un vol. in-18 jésus, illustré de 503 figures et de 4 aquarelles.

CH. BRONGNIART

HISTOIRE NATURELLE POPULAIRE

Un volume in-8 jésus, illustré de 870 dessins inédits et de 8 aquarelles.

BIBLIOTHÈQUE DE LA JEUNESSE
COLLECTION E. FLAMMARION
GRAND IN-8 JÉSUS
NOMBREUSES ILLUSTRATIONS

PREMIÈRE SÉRIE

Le volume relié toile, tranches dorées, plaque or. Net 7 fr.

Demi-chagrin, tr. dorées. . 8 75

AMÉRO (Constant)

Miliza. Histoire d'hier. Illustrations de Gerlier.

DESCHAUMES (Edmond)

Le Pays des Nègres blancs. Aventures d'un Français sur la route du Tchad. Illustrations de Gerlier.

BIART (Lucien)

Pierre Robinson et Alfred Vendredi. Illustrations de Gerlier.

VICTOR HUGO

Le Victor Hugo de la Jeunesse. Petit Paul. Les Pauvres Gens. La légende du Beau Pécopin. L'Épopée du Lion. Illustrations de Brun, A. Marie, Vogel, etc.

MONTEIL (Edgar)

Jean-le-Conquérant. Dessins de Montaigut.

FLAMMARION (Berthe)

Histoire de Trois Enfants courageux. Dessins de Mottader.

DAUDET (Alphonse)

La Belle-Nivernaise. Histoire d'un vieux bateau et de son équipage. Illustrations de Montégut.

HALT (Marie-Robert)

Histoire d'un Petit Homme. (Ouvrage couronné par l'Académie française.) 100 dessins.

La Petite Lazare. Illustrations de Gilbert.

Le Jeune Théodore. (Ouvrage couronné par l'Académie française.) 75 compositions de G. Laugée.

BERTALL

Les Plages de France. Illustrations de Bertall, Scott, etc.

BIBLIOTHÈQUE DE LA JEUNESSE

COLLECTION E. FLAMMARION

GRAND IN-8 JÉSUS

NOMBREUSES ILLUSTRATIONS

DEUXIÈME SÉRIE

Le volume relié toile, tranches dorées, plaque or, 12 fr. Net 10 fr. 50.

Demi-chagrin, tr. dorées, 15 fr. . . . . Net. 13 »

MALOT (Hector)

En famille. (Ouvrage couronné par l'Académie française). Édition grand in-8, illustré, par Lanos.

La Petite Sœur. Édition illustrée, spéciale pour la jeunssse.

JACOLLIOT (Louis)

Perdus sur l'Océan. Illustrations de Clérice.

Le Coureur des Jungles. Illustrations de Castelli.

Les Mangeurs de Feu. Illustrations de Parys.

BOUSSENARD (Louis)

Les Français au Pôle Nord. Illustrations de Clérice.

Le Défilé d'Enfer. Illustrations de Clérice.

Aventures extraordinaires d'un Homme bleu. Illustrations de Clérice.

Les Secrets de M. Synthèse. Illustrations de Clérice.

Les Chasseurs de Caoutchouc. Illustrations de Férat.

Aventures d'un Gamin de Paris au pays des Lions. Dessins de H. Castelli.

Aventures d'un Héritier à travers le Monde. Dessins de J. Férat.

Aventures périlleuses de trois Français au pays des Diamants. Composition de J. Férat.

Aventures d'un Gamin en Océanie. Illustrations de Férat.

Les Robinsons de la Guyane. Illustrations de Férat.

SÉBILLOT (Paul)

Légendes et Curiosités des Métiers. 220 reproductions d'anciennes gravures.

EN COURS DE PUBLICATION

CAMILLE FLAMMARION

Les quatre premiers volumes, **A-B, C CO, CO-D, E-F**

DU

DICTIONNAIRE ENCYCLOPÉDIQUE

UNIVERSEL

CONTENANT TOUS LES MOTS DE LA LANGUE FRANÇAISE ET RÉSUMANT L'ENSEMBLE
DES CONNAISSANCES HUMAINES A LA FIN DU XIXᵉ SIÈCLE

Ouvrage illustré de 20.000 figures. — 4 volumes grand in-8 jésus de 900 pages.
Prix de chaque volume, broché 12 fr. . . . net **10 fr. 50**
En reliure spéciale, 17 fr. net **14 fr. 90**

CAPITAINE DANRIT

L'Invasion noire La Guerre au vingtième siècle. Grande publication illustrée par Paul
de Sémant. 1ʳᵉ partie : **Mobilisation africaine ;** 2ᵉ partie : Concentration, Pèlerinage
à la Mecque ; 3ᵉ partie : **A travers l'Europe ;** 4ᵉ partie : **Autour de Paris**. — Prix
de chaque volume grand in-8 jésus, 4 fr. . . . . net. **3 fr. 50**
En belle reliure toile, tranches dorées, 6 fr. . . . . net. **5 fr. 25**

L. ROGER-MILÈS

Le Paysan, dans l'œuvre de J.-F. MILLET. Magnifique in-4 jésus, orné d'un portrait et de
25 reproductions des tableaux de MILLET. Relié avec un dessin de MILLET sur la couverture, 4 fr. . . . . net. **3 fr. 50**

FRAGEROLLES (GEORGES)

Chansons des Soldats de France. Poésies et dessins de TIRET-BOGNET. Un album
in-4 oblong, cartonné. — Prix, 6 fr. . . . . net **5 fr. 25**

VITU (AUGUSTE)

PARIS

500 dessins inédits d'après nature. Un vol. gr. in-4. En belle reliure spéciale
25 fr. . . . . net **22. fr.**

GÉNÉRAL THOUMAS

AUTOUR DU DRAPEAU TRICOLORE

1789-1889

Ouvrage illustré de 200 gravures par SERGENT et de 32 figures en couleurs
Un volume grand in-8. — Prix : broché, 17 fr., net **14 fr. 90** ; relié, 20 fr. net **17 fr. 50**

FABER DU FAUR

1812

JOURNAL ILLUSTRÉ DE LA CAMPAGNE DE RUSSIE, PAR UN TÉMOIN OCULAIRE
Introduction par A. DAYOT. — Nombreux dessins dans le texte.
Un vol. gr. in-8, broché, 12 fr., net **10 f. 50** ; relié toile, plaque, 15 fr., net **13 fr.**
reliure amateur, 18 fr. net **15 fr. 75**

ANNUAIRE ASTRONOMIQUE & MÉTÉOROLOGIQUE

POUR 1897

Par Camille FLAMMARION.

60 figures, cartes et diagrammes. 1 vol. in-18 290 pages). Prix : 1 fr. 25, net **1 fr. 10**

MONTEIL (Lieutenant-colonel).

DE SAINT-LOUIS A TRIPOLI

PAR LE LAC TCHAD

Voyage au travers du Soudan et du Sahara accompli pendant les années 1890-91-92.
Un beau volume in-8. Nombreuses illustrations.
Broché, 20 fr., net 17 fr. 50. — Reliure d'amateur, net 24 fr. 50.

ALBUMS TIMBRES-POSTE
L. RICHARD

ALBUM IN-4°

Nouvellement composé et divisé de façon à pouvoir s'en servir indéfiniment, orné de dessins des différents types de timbres, ainsi que de nombreuses armoiries de pays ; ouvrage comprenant les émissions de 1840 à 1895 et formant 600 pages. Deux parties réunies en 1 volume, relié en demi-toile . . . . 10 fr. 50

Le même ouvrage, imitation cuir, plaque spéciale. 1 volume. . . . . 12 fr. »

Le même ouvrage, genre demi-reliure, coins, titre en or. 1 volume. . . . . 14 fr. »

Le même ouvrage, avec tables alphabétiques, reliure demi-toile, impression sur beau papier. 1 volume. . . . . 23 fr. 50

Le même ouvrage, impression sur beau papier satiné, plaque spéciale, superbe vol. 25 fr. »

Le même ouvrage, reliure demi-toile, plaque spéciale, en 2 volumes. . . . . 32 fr. »

Le même ouvrage, reliure toile, plaque spéciale, en 2 volumes. . . . . 36 fr. »

Le même ouvrage, magnifique *édition de grand luxe*, reliure originale en toile, dessin de la couverture en relief, tranches dorées, serrures mobiles, feuillets supplémentaires. 2 volumes . . . . **70 fr.** »

Le même ouvrage, papier vélin supérieur, reliure antique, dos maroquin, plats ornés, tranches dorées, serrures mobiles munies de boutons, feuillets supplémentaires, etc. 2 magnifiques volumes, reliés. . . . . 110 fr. »

Le même ouvrage, divisé en 3 volumes, reliure riche, maroquin plein, renfermés en étuis. . . . . 200 fr. »

Édition VICTORIA

ALBUM IN-8°

Contenant 1.000 illustrations réduites et 1.800 cases vacantes pour timbres, 78 pages, cartonnage papier. . . . . 0 fr. 60

Le même Album, cartonnage imitation toile, fers spéciaux . . . . 0 fr. 90

ALBUM GRAND IN-8°

Contenant 1.070 illustrations réduites, 2.200 cases vacantes pour les timbres, 78 pages, cartonnage plaque spéciale. . . . . 1 fr. 25

Le même Album, **94 pages**, reliure plaque . . . . 1 fr. 50

— - reliure toile, fers spéciaux. . . . . 1 fr. 75

ALBUM PETIT IN-4°

Contenant 1.070 illustrations, 3.100 cases vacantes et environ 175 illustrations de timbres rares, cartonnage plaque spéciale . . . . 2 fr. 25

Le même Album, cartonnage riche . . . . 2 fr. 75

ALBUM IN-4°

1.070 illustrations, 3.700 cases vacantes pour les timbres et de nombreuses armoiries d'États, 94 pages, cartonnage papier, plaque spéciale. . . . . 3 fr. 50

Le même Album, imitation cuir . . . . 4 fr. 50

Le même Album, reliure toile, impression en couleurs sur les plats. . . . . 5 fr. 25

PUBLICATIONS DE LA LIBRAIRIE E. FLAMMARION

COLLECTION GUILLAUME

Charmante collection in-18, imprimée avec le plus grand soin sur beau papier et illustrée de superbes gravures dans le texte et hors texte par nos meilleurs artistes.

Chaque volume, broché, 3 fr. 50. . . . . net. **2 fr. 75**
Belle reliure d'amateur, tête dorée. net. **4 fr. 75**

DAUDET (Alphonse). Port-Tarascon. 1 vol.
— Tartarin sur les Alpes. 1 vol.
— Aventures prodigieuses de Tartarin de Tarascon. 1 vol.
— Jack. 1 vol.
— Trente ans de Paris. 1 vol.
— Sapho. 1 vol.
— Souvenirs d'un homme de lettres. 1 vol.

DAUDET (Alphonse). L'Obstacle. 1 vol.
— Rose et Ninette. 1 vol.
— La Menteuse. 1 vol.
HUGO (Victor). Notre-Dame de Paris. 2 vol.
FLAMMARION. Uranie. 4 vol.
ZOLA. La Faute de l'abbé Mouret. 4 vol.
LONGUS. Daphnis et Chloé. 1 vol.

CAPITAINE DANRIT

LA GUERRE DE DEMAIN Préface de Jules CLARETIE. Superbes volumes in-18 illustrés, comprenant : La Guerre de forteresse, 2 vol. ; La Guerre en rase campagne, 2 vol. ; La Guerre en ballon, **2 vol.**
Une belle demi-reliure de bibliothèque, tranches jaspées, net. . . . **25 fr.**
Le même ouvrage, broché, net. . . . . **16 fr. 50**
(Chaque partie se vend séparément.)

LIVRES DE GRAND LUXE

Aventures de Guerre, souvenirs et récits de soldats (1792-1809), recueillis et publiés par Frédéric Masson. Un magnifique volume in-4°, illustré de 110 aquarelles en couleurs, dont 30 hors texte, d'après les originaux de Myrbach (Boussod et Valadon). Broché, 25 francs. . . . . net. **22 fr. »**
En superbe reliure d'amateur, ... net. **30 fr. 75**

Les Demoiselles de Liré, roman inédit par Paul Perret, 32 illustrations en photogravures dont 16 grandes compositions d'après les aquarelles de Delort et Leloir (Boussod et Valadon), magnifique volume in-4°, broché, 60 francs. . . . . net. **52 fr. »**

Jacqueline, par Bentzon, 27 planches en photogravure, d'après les aquarelles de A. Lynch (Boussod et Valadon). Superbe volume in-4°, broché, 60 francs. . . . net. **52 fr. »**

HISTOIRE DES QUATRE FILS AYMON

TRÈS NOBLES ET TRÈS VAILLANTS CHEVALIERS

Édition de grand luxe, illustrée à chaque page de compositions en couleurs.
200 aquarelles de Eugène Grasset, imprimées et gravées par Gillot.
Relié plaque, tête dorée, au lieu de 120 francs. . . . . net. **95 francs.**
Ce livre est merveilleux de gravures, de typographie et d'exécution ; en un mot, c'est le plus beau livre imprimé de notre siècle.

LA VIE ÉLÉGANTE

Beaux-arts, modes, sport, littérature, voyages, par L. Halévy, E. d'Hervilly, H. Havard, Mars, J. Claretie. Illustrations de Robida, Fraipont, H. Somm, Duez, etc. 2 beaux volumes grand in-8, cartonnage artistique. Frontispice de Rops. Au lieu de 60 francs, net . . . . **20 fr. »**

GOURDAULT

La Suisse

Études et voyages dans les 22 cantons. Splendide ouvrage illustré de 825 gravures.
2 énormes volumes petit in-folio, reliure d'amateur. Au lieu de 120 fr. . . . net **50 fr.**

BALZAC

Superbe portrait par Letoula, tirage avant lettre sur papier de Chine format in-8. Ce portrait peut servir à toutes les éditions de Balzac. . . . . net. **2 fr. 50**

GAUTIER (Théophile)

Très beau portrait par Letoula, format in-8., tirage avant lettre sur papier de Chine. Ce portrait peut orner toutes les éditions de Gautier. . . . . net. **2 fr. 50**

AFFAIRES EXCEPTIONNELLES

MAGNIFIQUE COLLECTION DE BEAUX LIVRES RELIÉS

Illustrés d'eaux-fortes par les meilleurs artistes.

LIBRAIRIE DES BIBLIOPHILES (Jouaust)

Ces ouvrages de grand luxe sont vendus avec un rabais considérable

BIBLIOTHÈQUE ARTISTIQUE, FORMAT IN-16

VOLTAIRE. **ROMANS.** Illustrés de 12 planches de Laguillermie. 5 vol., riche reliure d'amateur. Au lieu de 60 fr. . . net **32 fr.** »

ROBINSON CRUSOÉ. Ouvrage illustré de 9 planches de Mouilleron. 4 vol., riche rel. d'amateur. Au lieu de 50 fr. . . . net **20 fr.** »

B. de SAINT-PIERRE. **PAUL ET VIRGINIE.** Illustré de 6 planches de Laguillermie, riche rel. d'amateur. Au lieu de 25 fr. net. . . . . **13 fr.** »

NADAUD. CHANSONS Illustrées de 12 eaux-fortes de E. Morin. 3 vol., riche rel. d'amateur. Au lieu de 50 fr. . . . net **18 fr.** »

LESAGE. **LE DIABLE BOITEUX,** 9 planches de Lalauze. 2 vol., riche rel, d'amateur. Au lieu de 38 fr . . . net **12 fr. 50**

SCARRON. **ROMAN COMIQUE.** 10 planches de Flameng. 3 vol., riche rel. d'amateur. Au lieu de 45 fr. . . . . net **19 fr.** »

ROUSSEAU, **CONFESSIONS.** 13 planches par Hédouin. 4 vol., riche rel. d'amateur. Au lieu de 65 fr. . . . . net **35 fr.** »

LES MILLE ET UNE NUITS. 21 planches de Lalauze. 10 vol., riche rel. d'amateur. Au lieu de 120 fr. . . . . . . net **55 fr.** »

BRANTOME. **LES DAMES GALANTES.** 10 planches d'Ed. de Beaumont. 3 vol., riche reliure d'amateur. Au lieu de 50 fr. net. . . . . **27 fr.** »

STRAPAROLE. **LES FACÉTIEUSES NUITS.** 14 planches de Champollion. 4 vol., riche reliure d'amateur. Au lieu de 60 fr. net. . . . . **32 fr.** »

BEAUMARCHAIS. **LE BARBIER DE SÉVILLE. LE MARIAGE DE FIGARO.** 9 planches et portrait par d'Arcos, 2 vol. Au lieu de 40 fr. . . . . net **21 fr.** »

CAZOTTE. **LE DIABLE AMOUREUX.** 7 planches de Lalauze, 1 vol. Au lieu de 25 fr. net. . . . . **15 fr.** »

HOFFMANN. **CONTES.** 11 eaux-fortes de Lalauze, 2 vol. Au lieu de 45 fr. net **22 fr.** »

FAUBLAS. **LES AMOURS.** 15 planches de P. Avril. 5 vol., riche rel. d'amateur. Au lieu de 80 fr. . . . . net **25 fr.** »

DON QUICHOTTE. 17 planches de Worms. 6 vol., riche reliure d'amateur. Au lieu de 90 fr. . . . . net **32 fr.** »

LAFONTAINE. **CONTES.** 11 planches de Beaumont. 2 vol., riche rel. d'amat. Au lieu de 46 fr. . . . . net **17 fr.** »

LAFONTAINE. **FABLES.** 12 planches de Adan. 2 vol., riche rel. d'amateur. Au lieu de 46 fr. . . . . net **17 fr.** »

MONTESQUIEU. **LETTRES PERSANES.** 8 planches de Beaumont. 2 vol., riche rel. d'amateur. Au lieu de 38 fr. net **20 fr.** »

GŒTHE. **WERTHER.** 7 planches de Lalauze, 1 vol., riche rel. d'amateur. Au lieu de 25 fr. . . . . net **13 fr.** »

FLORIAN. **FABLES.** 7 planches de Adan. 1 vol, riche rel. d'amat. Au lieu de 25 fr. net. . . . . **10 fr.** »

QUINZE JOIES DU MARIAGE. 21 planches de Lalauze. 1 vol., riche rel. d'amateur. Au lieu de 35 fr. . . . . net **18 fr.** »

SILVIO PELICO. **MES PRISONS.** 7 planches, de Bramtot. 1 vol., riche rel. d'amateur. Au lieu de 25 fr. . . . . . net **10 fr.** »

CAQUETS DE L'ACCOUCHÉE. 14 planches de Lalauze. 1 vol., riche rel. d'amateur. Au lieu de 38 fr. . . . . . . net **15 fr.** »

GOLDSMITH. **LE VICAIRE DE WAKEFIELD.** 9 eaux fortes de Lalauze. 2 vol. Au lieu de 35 fr. . . . . net **13 fr. 50**

J.-J. ROUSSEAU. **LA NOUVELLE HELOISE.** 19 planches par Hédouin. 6 vol. Au lieu de 70 fr. . . . . net **27 fr.**

BIBLIOTHÈQUE DES ÉCOLES ET DES FAMILLES

COLLECTION TRÈS GRAND IN-8°

Nombreuses illustrations. Cartonnage percaline, plats et tranches dorés, 12 fr. — Net 10 fr. 50

Albert (Paul). La Littérature française des origines au XVIII° siècle.
Dumont (J.-B.). Les grands Travaux du XIX° siècle.
Gourdault (J.). L'Europe pittoresque (Pays du Nord).

Gourdault (J.). La France pittoresque.
Meissas (G.). Les grands Voyageurs contemporains.
Poiré (P.) A travers l'industrie française.
Reclus (O). Nos colonies.
— — En France.

COLLECTION GRAND IN-8°

Illustrée de gravures en noir et de nombreuses planches en couleurs, tirées hors texte.
Cartonnage percaline, plats et tranches dorés, 6 fr. 50 — Net. 5 fr. 70

Assolant. Montluc le Rouge.
Delon (Ch.). Les Peuples de la Terre.
Demoulin (Mme. Gustave). — Français illustres.
— Françaises illustres.
Ferry (Gabriel). Costal l'Indien.
Bigot. Gloires et Souvenirs militaires.

Ferry (Gabriel). Les Aventuriers du Val d'Or.
Gérard (Jules). Le Tueur de lions.
Houdetot (Comtesse de). Yzabel
Witt (Mme de), née Guizot. La France à travers les siècles.

PREMIÈRE SÉRIE, GRAND IN-8°

Nombreuses illustrations. Cartonnage percaline, plats et tranches dorés. — Net. 3 fr. 70

Beecher Stowe (Mrs). — La Case de l'oncle Tom.
Cahun (L.). La Bannière bleue.
Cervantes. Don Quichotte de la Manche.
Charnay (D.). A travers les forêts vierges.
Deslys (Ch.). L'Héritage de Charlemagne.
Figuier (L.). Les grandes Inventions modernes.
Fonvielle (W. de) Les Navires célèbres.
Gaffarel (P.). La Conquête de l'Afrique.
Gourdault. La Suisse pittoresque.
— L'Italie pittoresque.
Guillemin (A.). La Terre et le Ciel.
Lefebvre. Gouttes de pluie et Flocons de neige.
Manzoni. Les Fiancés.
Mouton. Lazare Poban.

Meyners d'Estrey. A travers Bornéo.
Monnier (J). Notre belle patrie.
Pouchet Mœurs et Instincts des animaux.
Raynal (H.). Les Naufragés des îles Auckland.
Rousselet (L.). L'Exposition Universel de 1889.
Stany (Le comte). Seule!
Walter Scott. Ivanhoé.
— Kenilworth.
— Quentin Durward.
Witt (Mme de), née Guizot. Vieilles histoires de la Patrie.
— Histoires de l'ancien temps.
— La France au XVI° siècle.
Wyss. Le Robinson suisse.

DEUXIÈME SÉRIE, FORMAT IN-8°

Illustrée de gravures. — Cartonnage percaline, plats et tranches dorés, 3 fr. 90. — Net 3 fr. 15

About (Ed.). Le Roi des montagnes
— Nouvelles et Souvenirs.
Albert-Levy. Le Pays des Etoiles.
Baker. L'Enfant du naufrage.
Blandy (S.). Mon ami et moi.
Boileau. Œuvres choisies.
Cahun (L.). Les Pilotes d'Ango.
— Les Mercenaires.
Colomb. Habitations et édifices.
Colomb (Mme.). Les Révoltes de Sylvie.
— Mon oncle d'Amérique.
Cooper (F.). Le Dernier des Mohicans.
Corneille. Œuvres choisies.
Cortambert (R.) Mœurs et Caractères des Peuples.
Demoulin (Mme Gustave) Les Gens de bien.
— Aventures d'un écolier en rupture de ban.
Deslys (Ch.). Courage et Dévouement.
— L'ami François.
Dickens. David Copperfield.
— Aventures de M. Pickwick.
— Nicolas Nickleby.
— Dombay et fils.
— Le Magasin d'antiquités.
— La petite Dorrit.
— Aventures de Martin Chuzzlewit.
Dufferin. Lettres écrites des régions polaires.
Duruy (Mme V.). Récits d'histoire romaine.
Erwin (Mme. Emma d') Heur et Malheur

Caffarel. Les Campagnes de la première République.
— Les Campagnes du Consulat et de l'Empire.
— Les Campagnes de l'Empire. (Succès et revers.)
— Les Campagnes de l'Empire. (Revers.)
Girardin. Le Locataire des demoiselles Rocher.
— Les Epreuves d'Etienne.
Gourdault. Rome et la Campagne romaine.
— Venise et la Vénétie.
— Les Villes de la Toscane.
— Naples et la Sicile.
Guy (H. et C.). Le Roman d'un petit Marin.
— La Croisade de Gérard.
Hayes. Perdus dans les glaces.
Henty. Les Jeunes francs-tireurs.
Homère L'Iliade et l'Odyssée.
Kingston. Une croisière autour du monde.
Legrand. Fléaux et Catastrophes.
Marmier (X.). Le succès par la persévérance.
Molière. Œuvres choisies.
Paulian. La Hotte du Chiffonnier.
Perrier. Les Explorations sous-marines.
Petit La Mer et la Marine.
Saint-Paul. Histoire monumentale de la France.
Stanley. La Terre de servitude.
Vignon (P.). L'Expansion française.
Virgile. Œuvres choisies.

VOLUMES GRAND IN-4⁰

EDGAR MONTEIL. **Les Trois du Midi**. Superbe vol. ill. de 100 dessins de Robida, rel., fers spéciaux. . . . . net 13 fr. »

D'HERVILLY. **Trop grande**, Beau vol. ill. de 100 dessins de Mars, relié, fers spéciaux. . 13 fr. »

HENRY DE BRISAY. **Jean la Poudre**, 100 compositions en noir et en couleurs de Job. 1 vol. rel., fers spéciaux. . . . . net 13 fr. »

Superbe Collection nouvelle (Charavay)

Chaque volume grand in-4, relié, fers spéciaux. . . . . net 6 fr. »

MONET. **La Sibérienne** (Nouveauté), vol. ill. de 50 dessins.

CHEVALIER. **L'Héritier dn Rajah** (Nouveauté), vol. ill. de nombreuses gravures.

BONNEFONT. **Les Chants Nationaux de la France**. Cet ouvrage contient la musique, piano et chant, des principaux chants.

— **Les Héroïnes du travail**, 75 dessins de Dutriac.

CERVANTES. **Don Quichotte de la Manche** (édition pour la jeunesse), 100 gravures de Pille.

BROWN. **Perdus dans les sables**, 50 compositions de Robida.

LERMONT. **Exilée**, nombreuses illustrations de Kauffmann.

LOBAU. **La Volonté d'un père**, 3 ans de la vie d'une jeune fille, 20 compositions gravées sur bois.

GASTINE et BALLEYGUIER. **Seul sur l'Océan**, nombreuses illustrations de Zier.

GUILLON. **80 ans d'histoire nationale** (1815-1895). 100 gravures.

LETURQUE. **L'Indien blanc**, nombreuses illustrations.

GUILLON. **Histoire de la Révolution française, du Consulat et de l'Empire**, 100 illustrations.

COLLECTION GRAND IN-8⁰

Reliure plaque, fers spéciaux, 11 fr. . . . . net. 9 fr. 65

MONTEIL (Edgar). **Pauvre Louise**, ill. par Vaugangis.

GEVIN-CASSAL. **Histoire d'un Petit Exilé** (Nouveauté), ill. par Tiret-Bognet.

BRISAY (De). **Flamberge au vent**, ill. par Job.

BRASSEY. **A travers les tropiques**, 300 gravures.

BONNEFONT. **Les Miettes de la science**, 60 gravures.

CALMETTES (F.). **Brave fille**.

— **Sœur aînée**, nomb. grav.

CALMETTES (F.). **Simplette**, nomb. grav.

— **Mademoiselle Volonté**.

GREVILLE. **L'Avenir d'Aline**, ill. de Léandres.

BERMONT. **Miss Linotte**, ill. de Bayard.

MAINARD. **Une Cousine d'Amérique**, ill. de Kauffmann.

— **L'Héritage de Marie Noël**, ill. de Leroux.

— **Droit au but**, ill. de Montader.

PERRONNET (Mme Amélie). **Deux Copains** (Nouveauté), illustrations de Grobert.

Nouvelle Collection. Format grand in-4⁰ carré

Chaque vol. relié, fers spéciaux, 4 fr. 80. . . . . net 3 fr. 90.

STEVENSON et OSBOURNE. **Le Secret du Navire**, ill. de Damblac.

ABEL PICARD. **Soga le Vengeur**, ill. par Mas.

LE FAURE. **La Cantinière du 13ᵉ**, ill. par Zier.

DE BRISAY. **L'Aventure de Roland**, ill. par Mucha.

DORSAY. **Cendrillonnette**, ill. par José Roy.

SIMOND (Charles). **Le Chapeau de Bleuets**, ill. par Vuillemin.

PETITE BIBLIOTHÈQUE CHARPENTIER
FORMAT PETIT IN-32 DE POCHE
Chaque volume orné de deux ou plusieurs eaux-fortes par les principaux artistes

Chaque volume broché . . . . 3 fr. 50
Belle reliure d'amateur, tête dorée . . . . 5 fr. »

ABOUT (Ed.). Tolla.	1 vol.		MICHELET (J.). La Montagne.	1 vol.
ARÈNE (Paul). Contes choisis.	1 vol.		— L'Amour, avec 2 dessins de M. Eliot.	1 vol.
CHÉNIER (André). Poésies.	1 vol.		— La Femme.	1 vol.
DAUDET (Alphonse). Contes choisis.	1 vol.		MIRBEAU (Octave). Contes de la chaumière.	1 vol.
FABRE (Ferdinand). L'abbé Tigrane.	1 vol.		MUSSET (Alfred de). Premières Poésies.	1 vol.
— Julien Savignac.	1 vol.		— Poésies nouvelles.	1 vol.
— Le Chevrier.	1 vol.		— La Confession d'un enfant du siècle	1 vol.
FLAMMARION (Camille). La Pluralité des Mondes.	1 vol.		— Comédies et Proverbes, tome I.	1 vol.
GAUTIER (Th.). Mademoiselle de Maupin.	2 vol.		— — — tome II	1 vol.
— Fortunio.	1 vol.		— — — tome III.	1 vol.
— Jeunes-France.	1 vol.		— Contes et Nouvelles.	1 vol.
— Mademoiselle Dafné.	1 vol.		MUSSET (Paul de). Lui et Elle.	1 vol.
— Emaux et camées.	1 vol.		NODIER (Charles). L'Ecrin d'un conteur.	1 vol.
— Le Roman de la Momie.	1 vol.		PRÉVOST (L'abbé). Histoire de Manon Lescaut et du chevalier des Grieux.	1 vol.
GOETHE. Werther.	1 vol.		RETZ (Cardinal de). Pensées.	1 vol.
GONCOURT (Edmond et Jules de). Renée Mauperin	1 vol.		RICHEPIN (Jean). Les Caresses.	1 vol.
— Madame Gervaisais	1 vol.		— La Mer.	1 vol.
HORACE. Odes.	1 vol.		SAINT-GERMAIN (J.-T. de). Pour une épingle.	1 vol.
HUGO (Victor). Les Orientales. Les Feuilles d'Automne.	1 vol.		SANDEAU (Jules). Le docteur Herbeau.	1 vol.
— Odes.	1 vol.		— Mademoiselle de la Seiglière.	1 vol.
— Ballades. Les Rayons et les Ombres.	1 vol.		— La Chasse au Roman.	1 vol.
— Les Chansons des rues et des bois.	1 vol.		SILVIO PELLICO. Mes Prisons.	1 vol.
— Les Châtiments.	1 vol.		THEURIET (A.). Raymonde.	1 vol.
— Les Chants du Crépuscule. Les Voix intérieures.	1 vol.		— Contes de la Forêt.	1 vol.
— Les Contemplations.	2 vol.		VIGNY (Alfred de). Cinq-Mars.	2 vol.
— La Légende des siècles, tome I.	1 vol.		— Servitude et grandeur militaires.	1 vol.
— — — tome II	1 vol.		— Théâtre.	2 vol.
— — — tome III.	1 vol.		— Poésies complètes.	1 vol.
— — — tome IV.	1 vol.		— Stello.	1 vol.
GIACOMO LEOPARDI. Poésies.	1 vol.		VIRGILE. Les Bucoliques et les Géorgiques.	1 vol.
MALOT (Hector). Une bonne affaire.	1 vol.		ZOLA. Contes à Ninon.	1 vol.
MAUPASSANT (Guy de). Contes et Nouvelles.	1 vol.		— Nouveaux contes à Ninon.	1 vol.
MENDÈS (Catulle). Contes choisis.	1 vol.		— Thérèse Raquin.	1 vol.

OCCASION
MANON LESCAUT
Par l'abbé PRÉVOST

Superbe volume de luxe, format in-8, 12 compositions hors texte par Leloir et 212 compositions en haut de chaque page; filets rouges (édition Launette).
Riche reliure satin, avec plaque en or sur le plat, tête dorée. . . net 10 fr.
A partir du 1er janvier, le prix des exemplaires qui pourraient nous rester sera porté à 15 fr ncs

ATLAS

VIDAL-LABLACHE. Atlas général, historique et géographique. 420 cartes et cartons en couleurs, index de 46.000 noms. 1 vol. in-folio, relié, net . . . . 26 fr. »
JUSTUS PERTHES SÉE. Atlas. Atlas maritime contenant 24 cartes et 127 plans des différents ports du monde, relié . . . . . net 3 fr. »
LEVASSEUR. Grand Atlas de géographie physique et politique. 160 cartes. 1 vol. in-folio relié, net . . . . 59 fr. 50
NIOX (le colonel). Atlas de géographie générale. Notes statistiques, historiques, et géographiques. 34 cartes. Cartes et notices réunies. 1 vol. in-folio, relié, toile pleine. . . . . net 31 fr. »

Petit atlas de poche, par le colonel NIOX. 25 cartes et notices. Toile souple, tr. rouge, 3 fr., net. . . . . 2 fr. 50
Atlas de poche de Gotha. 24 cartes, relié, net . . . . 2 fr. 75
Atlas antique. 24 cartes rel. . . . . net 2 fr. 95
STIELER. Grand Atlas universel. In-folio, relié, au lieu de 95 fr., net. . . . . 72 fr. »
— Atlas général. 37 cartes reliées, net. 7 fr. 20
Atlas général des cinq parties du monde, par Maurice DUNAN, professeur au lycée Louis-le-Grand, Nouvelle édition, contenant 135 leçons, 45 cartes en couleurs. . . . . net 4 fr. 95

BIBLIOTHÈQUE ILLUSTRÉE

FORMAT IN-4° (COLLECTION MAME)

Très beaux volumes splendidement illustrés, superbe reliure, ornements or, plaques spéciales.
Chaque volume, au lieu de 8 fr. 50 . . . . . .   6 fr. 75

NOUVEAUTÉ

La Marine d'autrefois, par Comtesse, illustré de 80 gravures sur bois.

Rome et ses pontifes, Histoire, Traditions, Monuments, par Mgr Chevalier, illustr. de 45 gravures.

Mabel Vaughan, Vie d'une Américaine, par Miss Cummins, illustr. de 40 gravures.

Le Règne de l'électricité, par Gaston Bonnefont. Ouvrage illustré de 250 gravures.

Jeanne d'Arc par Marius Sepet ; 12 superbes planches hors texte et 40 gravures dans le texte.

Henri IV et son temps, par l'abbé Jousset ; superbe volume illustré de 48 gravures.

Aux Indes et en Australie, voyages dans le yacht *Sunbeam*, par Lady Brassey ; 200 gravures.

Les Chevaliers de Rhodes et de Malte. Chroniques et récits : ill. de 38 gravures.

Air et le Monde aérien (L'), par Arthur Mangin ; 200 gravures sur bois.

Artères du Globe (Les). Histoire des fleuves, par Paul Bory ; 175 gravures et cartes.

Aventures de Robinson Crusoé (Les), par Daniel de Foë ; 89 gravures sur bois.

Châteaux historiques de France. Histoire et monuments, par M. l'abbé J.-J. Bourassé ; 32 gravures sur bois.

Contes merveilleux (Les), de W. Hauff ; traduction de L. de Hessem ; 38 gravures.

Explorateurs de l'Afrique (Les) : Nachtigal, Galliéni, Stanley, de Brazza, Samuel Baker, Georges Révoil, etc., 64 gravures.

Fabiola ou l'Eglise des Catacombes ; 10 grandes compositions hors texte, par Joseph Blanc ; 75 gravures dans le texte.

Femmes illustres de France (Les), par Oscar Havard ; 76 gravures.

Forêts de la France (Les), par F. Depelchin ; 100 gravures sur bois.

Grandes entreprises modernes (Les), par Paul Bory ; 170 gravures.

Histoire de Paris et ses monuments, par Eugène de La Gournerie ; ornée de nombreuses gravures sur acier et sur bois.

Histoire de France, par Emile Keller ; 74 gravures.

Histoire des Croisades, par M. Michaud et M. Poujoulat ; 53 gravures sur bois.

Histoire des jardins anciens et modernes, par Arthur Mangin ; 70 gravures.

Hommes célèbres de la France (Les), par M. Dumas ; 54 gravures sur bois.

Louis XIV et son temps, par A. Gabourd ; 61 gravures.

Mémoires d'un Romain. Vie privée de l'ancienne Rome, par Paul Bory ; 95 gravures.

Mystères de l'Océan (Les), par Arthur Mangin ; 179 gravures sur bois.

Perdus dans la grande ville, par Méaulle ; 93 gravures.

Promenades en Italie ; 42 gravures sur bois.

Robinson Suisse (Le). Histoire d'une famille suisse naufragée, par Wyss ; 65 gravures.

Tour du monde en famille (Le). Voyage de la Famille Brassey dans son yacht ; 78 gravures.

Un hiver au Cambodge. Chasse au tigre, à l'éléphant et au buffle sauvage. Souvenirs d'une Mission officielle remplie en 1880-1881, par Edgard Boulanger, ingénieur des ponts et chaussées ; 53 gravures et 3 cartes.

Voyage en Espagne, par M. Eugène Poitou, conseiller à la cour d'Angers ; 169 gravures sur bois.

Voyage en France, orné de 91 gravures sur bois et d'une carte routière.

Christophe Colomb, par Mgr Picard ; 33 magnifiques illustr. de Baldo. (Nouveauté.)

Le Testament du duc Job, par Méaulle ; 55 gravures.

ŒUVRES DE GUSTAVE DORÉ

La Sainte Bible. 230 grandes compositions de Gustave Doré, ornements du texte par Giacomelli. 2 vol. gr. in-fol. richement cart., toile argent, ornements or, tranches dorées. Au lieu de 200 fr., ... net 160 fr.   »

Histoire de la Sainte Bible, *Ancien et Nouveau Testament*, par l'abbé Cruchet. 100 gravures de Gustave Doré. 1 volume petit in-folio, percaline, plaque spéciale, tranches dorées, net   13 fr.   •

DANTE. L'Enfer. 1 volume in-folio, 76 compositions de Gustave Doré, cartonné richement. Au lieu de 100 fr., ... net 75 fr.   »

Le Purgatoire. 1 volume in-folio, 60 compositions de Gustave Doré, cartonné richement. Au lieu de 100 fr., ... net 75 fr.   »

LA FONTAINE. Fables. 80 compositions de Gustave Doré, 258 culs-de-lampe, 230 têtes de pages. 1 beau volume, in-4., cartonné, plaque, tranches dorées, ... net 32 fr.   50
    Le même ouvrage, cartonné, tranches jaspées, ... net 30 fr.   25

PERRAULT. Contes. Splendide édition, illustrée de 40 planches de Gustave Doré, format petit in-folio, cartonnage riche, plaque avec ornements en or, ... net 22 fr.   »

BALZAC. Contes drolatiques. 425 dess. de Gustave Doré. 1 vol. in-8, broché, 13 fr. . net   8 fr.   50
    Demi-reliure amateur, tête dorée. . . . . net 11 fr.   »

GAUTIER (Théophile). Le capitaine Fracasse. 40 dessins de Gustave Doré. 1 volume in-8. broché . . . . net 13 fr.   »
    Reliure d'amateur, tête dorée, coins. . . . . 19 fr.   25

Aventures du baron de Munchausen. 155 gravures sur bois par Gustave Doré. 1 beau vol. in-4. relié, plaques spéciales, ... net 7 fr.   45

BIBLIOTHÈQUE DE BÉBÉ

Album grand in-4°, texte encadré, très nombreuses gravures coloriées.
Cartonnage élégant, couverture chromo . . . . 3 fr. 75
Reliure biseau, toile rouge, plaque spéciale, net 5 fr. 25

Bébé ne sait pas lire. Premières leçons de choses en image.

Bébé saura bientôt lire. Grand *Alphabet*-album pour petits garçons et petites filles 104 figures coloriées.

La Ménagerie de Bébé. Nouvel *Alphabet* en images, illustrations d'animaux ; 100 gravures coloriées.

Bébé sait lire. Courtes historiettes enfantines servant d'exercices de lecture 100 gravures coloriées.

Bébé devient savant Lectures amusantes et instructives sur les premières conn. ; 112 figures coloriées.

La Poupée de Bébé. Aventures merveilleuses d'une poupée qui parle ; 35 figures coloriées.

Les Contes des Fées offerts à Bébé, racontés à sa bonne-maman ; 48 figures coloriées.

Les Fables de La Fontaine pour Bébé. Cadre en couleurs à chaque page. 27 figures coloriées, dont 22 hors texte.

Les Mille et Une Nuits racontées à Bébé, 48 gravures coloriées.

Bébé en voyage. Excursions de M. Maurice. 35 figures coloriées.

L'Education de Bébé Mademoiselle Jeanne corrigée de ses petits défauts ; 54 figures coloriées.

Les Etrennes de Bébé. 51 figures coloriées.

Les Récréations de Bébé, 25 figures coloriées.

Vacances de Bébé, 47 figures coloriées.

Bébé sera soldat, texte et illustrations par Paul de Sémart ; 46 figures coloriées.

COLLECTION D'ALBUMS DROLATIQUES IN-4°

Imprimés en plusieurs couleurs

Texte et dessins, par G. Gallard. Reliure toile rouge à biseaux, plats chromo. — Prix . . . . net **1 fr. 10**

Coco le Têtu.
Porunet et son Cousin.
Marcassin.
Histoire de Marcassin.
Diane Ristaud et Rustaud.
Guilleri. Histoire d'un cheval.
M. et Mme Cadichon, ânes savants.
La Mère Gadichon et ses quatre enfants.
Polé et sale.

TRÈS JOLIS VOLUMES IN-16

Riche reliure plaque, tranches dorées, illustrées de gravures. — Prix, ... net **1 fr. 75**

La Fontaine. *Fables.* 1 vol.
Florian. *Fables.* 1 vol.
Perrault. *Contes de Fées.* 1 vol.
Robinson Suisse. 1 vol.
Le Buffon des Enfants. 1 vol.
Don Quichotte de la Manche. 1 vol.
Robinson Crusoé 1 vol.
Le petit Robinson des Demoiselles. 1 vol

COLLECTION IN-8°

Chaque volume est illustré de nombreuses gravures : reliure toile à biseau tranches dorées.
Net . . . . 3 fr. 75

Un petit Soldat de la grane Armée par A. Lepage
Pour une Epingle, par de Saint-Germain.
Le Voile bleu. par F. Montgomery.
Le Buffon illustré de la Jeunesse.
Les Frères Botha, par Meyners d'Estrey.
Bons amis, par H. Lecomte du Nouy.
Sindbad le marin, ill. de Ray.
Au Pays des Fakirs, par G. Bonnefont.
Le Trappeur du Far-West, par L. Bailleul.
Mocandah, le jeune chef indien, par L. Bailleul.
Les Chasseurs de fourrures. par L. Bailleul.
Le jeune Naufragé dans la mer de glace, par L. Bailleul.
Les Orphelines du Val-André, par F. de Noé.
Pauvre petite ! par Emile Carpentier.
Captive ! par E. Carpentier.
Tout seul ! par E. Carpentier.
La Rançon de Roger, par E. Carpentier.
Les Aventures de Jean Barchalou, par Paul Saunière.

La Part du Matelot, par E. Carpentier.
Les Enfants des Bois, par Mayne-Reid.
Souvenirs d'un jeune Franc-Tireur, par Eugène Muller.
Voyages et Aventures de Rob. Kergorieu, par Ph. Audebrand.
Trois Collégiens en vacances, par A. Laporte.
Les Mémoires d'une Hirondelle, par A. Laporte.
Aventures de Robinson Crusoé. par Daniel de Foë.
Le Robinson suisse.
Le Robinson des Demoiselles, par Mme Woillez.
La Petite Cousine, par Marie Vincent.
Les Mémoires d'une Jeune Fille. par Marie Vincent.
Les deux Amies. par Marie Vincent.
La jeune Emigrante. par H. Marguerite.
Don Quichotte de la Manche, par Cervantes.
Les Contes de Perrault.
Fables de La Fontaine.
Fables de Florian.

COLLECTION IN-8° JÉSUS

Nombreuses planches hors texte et quantité de gravures : reliure toile à biseau, plaques et tranches dorées. Net . . . . 7 fr. »

Le Robinson Suisse, par R. Wyss.
Aventures de Robinson Crusoé, par D. de Foë.
Les Tueurs de Serpents, par A. Dubarry.
Une Vie de jeune fille, par F. de Noré.
Pour une Epingle. par J.-T. de Saint-Germain.
Les Récits d'une sœur aînée. par B. Boulet.
Enfants d'Alsace et de Lorraine, par E. Carpentier.
Les Ignorances de Madeleine, par E. Carpentier.

La Botanique d'Andrée, par E. Carpentier.
Sur Mer et sur Terre, par H. Marguerit.
Les Grimpeurs de montagnes, par L. Cailleul.
Les Contes de Perrault, encadrements en couleurs.
Le Buffon illustré. par A. de Beauchamais.
Les Fables de la Fontaine, ill. d'Oudry.
Souvenirs d'Algérie. par A. Laporte.
Récits de vieux Marins, par A. Laporte.

ŒUVRES DE JULES VERNE

VOYAGES EXTRAORDINAIRES

Chaque volume illustré de nombreuses gravures, plaque spéciale, tranches dorées. . . . net. 10 fr. 50
Demi-reliure chagrin, tranches dorées . . . . net. 12 fr.

Face au Drapeau. Clovis Dardentor (Nouveauté)	1 vol.	Trois Russes et trois Anglais.	1 vol.
L'Ile à hélice	1 vol.	Une Ville flottante	
Sans dessus dessous	1 vol.	Géographie de la France	1 vol.
Le Chemin de France		Mres Branican	1 vol.
Robur le Conquérant	1 vol.	César Cascabel	1 vol.
Un Billet de loterie		Famille sans nom	1 vol.
L'Etoile du Sud	1 vol.	Deux ans de Vacances	1 vol.
L'Archipel en feu		Nord contre Sud	1 vol.
L'Ecole des Robinsons	1 vol.	La Jangada	1 vol.
Le Rayon Vert		Michel Strogoff	1 vol.
Les 500 millions de la Bégum	1 vol.	Un capitaine de 15 ans	1 vol.
Les Tribulations d'un Chinois		Vingt mille lieues sous les mers	1 vol.
Le Tour du Monde en 80 jours	1 vol.	Le Pays des Fourrures	1 vol.
Le Docteur Ox		Kéraban-le-Têtu	1 vol.
Cinq semaines en ballon	1 vol.	La Maison à vapeur	1 vol.
Voyage au Centre de la Terre		Hector Servadac	1 vol.
De la Terre à la Lune	1 vol.	Aventures du capitaine Hatteras	1 vol.
Autour de la Lune		Le Château des Karpathes et Claudius Bom-	
Les Indes Noires	1 vol.	barnac	1 vol.
Le Chancellor		Petit Bonhomme	1 vol.

Les Enfants du Capitaine Grant . . . . 1 vol.
L'Ile mystérieuse . . . . 1 vol.
Mathias Sandorf . . . . 1 vol.
    Chacun de ces trois ouvrages rel. plaque. . . . . net. 11 fr. »
    En demi-rel. chagrin, ... net. 13 fr. »

HISTOIRE DE FRANCE
par Victor DURUY

Depuis l'invasion des Barbares jusqu'à nos jours. Splendide édition illustrée de compositions et de tableaux de maîtres. 945 pages de texte, 129 gravures et 1 carte. Un énorme volume grand in-4. (Librairie HACHETTE. 1892).
Broché, net, 20 fr — Riche reliure amateur, coins, tête dorée, cuir japonais. . . . . net. 26 fr.

CHARMANTE COLLECTION DE BEAUX VOLUMES IN-4°
COLLECTION JOUVET

Chaque vol., rel. spéciale, plaque, tr dorées. . . . net. 4 fr. 75

MALTHIS. Nos petits braves, 46 gr.	1 vol.	BERTHET (Elie). L'Expérience du Grand-Papa, 101 gr.	1 vol.
— Les deux Gaspards, 33 gr.	1 vol.	FREMINE La Chanson du Pays, nomb gr. . .	1 vol.
— Pique Toto, la paix et la guerre, 44 vignettes	1 vol.	GIRARD. Nos petits amis, 48 gr.	1 vol.
MAIRET (Jeanne). La tache du Petit-Pierre, 46 gr.	1 vol.	GIRARD (Alb.) Nos petits diables, 82 gr. .	1 vol.
RICHEBOURG. Contes d'hiver, gr.	1 vol.	MANESSE. La Veille au Pays breton, 82 gr. .	1 vol.
JEAN DE NIVELLE. Contes d'un vieux Pilote, 35 gr.	1 vol.	D'HERVILLY En bouteille à travers l'Atlantique, orné de gr.	1 vol.
— Contes de la mer et des grèves, 61 gr.	1 vol.	— Les Chasseurs d'édredons, 48 dessins.	1 vol.

OCCASIONS EXCEPTIONNELLES

ŒUVRES COMPLÈTES DE MOLIÈRE

Avec notices sur chaque comédie, par Charles LOUANDRE (*Collection* JANNET-PICARD), caractères elzéviriens. 8 beaux volumes. Superbe reliure d'amateur, tête dorée, net. . . . . **17** fr.

RABELAIS (ŒUVRES)

Édition conforme aux derniers textes, variantes, notes et glossaire, par Pierre JANNET, caractères elzéviriens (*Collection* JANNET-PICARD). 7 beaux volumes. Jolie reliure d'amateur, tête dorée . . . . net. **15** fr.

LA RÉVOLUTION FRANÇAISE
PAR LOUIS BLANC

15 beaux vol in-18 rel en 8. belle rel. d'amateur, tête dor. Au lieu de 65 fr. net **24.50** | Le même ouvrage broché, 15 volumes . . . . net. **18** fr.

C'est pendant son exil que Louis Blanc entreprit ce vaste et large travail. On y retrouve ses qualités d'historien, l'élévation des sentiments et des pensées, un style plein d'énergie et de talent. *Excellente occasion.*
Cet ouvrage a sa place marquée dans toutes les bibliothèques.

AFFAIRES EXCEPTIONNELLES

BIBLIOTHÈQUE CLASSIQUE

Superbe collection de volumes imprimés avec le plus grand soin sur beau papier vélin, format in-16
(Collection Jouaust)

Chaque volume, broché, au lieu de 3 fr., net. . . . . .1 fr. 75
En riche reliure d'amateur, tête dorée, au lieu de 5 fr., net . .2 fr. 90

Beaumarchais. Le Barbier de Séville. . .	1 vol.	Malherbe. Poésies.	1 vol.
— Le Mariage de Figaro. . .	1 vol.	Molière. Théâtre.	8 vol.
Boileau. Œuvres.	2 vol.	Montesquieu. Grandeur et décadence des	
Bossuet. Discours.	2 vol.	Romains.	1 vol.
— Oraisons funèbres	1 vol.	Montaigne. Essais.	7 vol.
Chamfort. Œuvres.	2 vol.	Racine Théâtre.	3 vol.
Chénier. Poésies.	1 vol.	Regnard. Théâtre.	2 vol.
Corneille. Théâtre	5 vol.	Regnier. Satires	1 vol.
Courier. Œuvres.	3 vol.	Rabelais. Œuvres.	4 vol.
Diderot. Œuvres choisies.	6 vol.	Rivarol. Œuvres.	2 vol.
Fénelon. Education des Filles.	1 vol.	Rotrou. Théâtre choisi	2 vol.
Florian. Fables.	1 vol.	Saint-Évremond. Œuvres choisies. . . .	1 vol.
Fontenelle. Œuvres choisies.	2 vol.	Satyre Ménippée	1 vol.
Hamilton. Mémoires de Grammont. . . .	1 vol.	Sterne. Voyage sentimental.	1 vol.
Horace. Œuvres (Trad. J. Janin). . . .	2 vol.	— Sacountala de Calisada.	1 vol.
La Bruyère. Caractères.	2 vol.	Voltaire. Théâtre.	1 vol.
La Fontaine. Fables.	2 vol.	— Romans et contes.	4 vol.
— Contes.	2 vol.	— Poésies.	1 vol.
La Rochefoucauld. Maximes.	1 vol.	— Histoire de Charles XII.	2 vol.
Marivaux. Théâtre.	2 vol.	— Dictionnaire philosophique. . .	2 vol.
Marmontel. Mémoires.	3 vol.		

D'Aubigné Les Tragiques. notes et études, par Ch. Read, 2 vol. br. . . . . net 5 fr.
en riche reliure d'amateur, tête dorée . . . . net 7. 50

PETITE BIBLIOTHÈQUE PORTATIVE

Format in-32, impression de luxe avec gravures (Collection P.-Arnould.)

Chaque volume broché, au lieu de 3 fr. net . . . . .1 fr. 75
Très belle reliure d'amateur, tête dorée, net. . . . . 3 fr. 50

Manon Lescaut, par l'abbé Prévost. Gravures de Paul Avril.	1 vol.	L'Ane d'or, d'Apulée. Eaux-fortes de Paul Avril.	1 vol.
Le Lion amoureux, par Frédéric Soulié. Gravures de Robida.	1 vol.	Voyage sentimental, par L. Sterne, Eaux-fortes de P. Kauffmann.	1 vol.
Daphnis et Chloé, de Longus. Gravures de Paul Avril.	1 vol.	Contes de La Fontaine. Eaux-fortes de Fraipont.	2 vol.
Lazarille de Tormes. par Hurtado de Mendoza. Gravures de Robida.	1 vol.	Atala, par Chateaubriand. Grav. de Paul Avril	1 vol.
Paul et Virginie, par Bernardin de Saint-Pierre. Gravures de Paul Avril. . . .	1 vol.	La Folie espagnole, par Pigault-Lebrun. Eaux-fortes de Kauffmann.	1 vol.
Madame de Maintenon, Louis XIV et la Cour, par Mme de Caylus. Eaux-fortes de P. Kauffmann.	1 vol.	Fables de La Fontaine. Grav. de Paul Avril.	1 vol.
La Religieuse. par Diderot. Eaux-fortes de P. Kauffmann.	1 vol.	Contes de Boccace. Grav de Kauffmann	1 vol.
		Œuvres choisies du chevalier de Boufflers. Contes et poésies légères.	1 vol.

ÉMILE DESBEAUX

Chaque volume, ill. de nombreuses gravures, rel. plaque, fers spéciaux, net 7 fr.

Le Jardin de Mademoiselle Jeanne.	Les Découvertes de Monsieur Jean.
Les Idées de Mademoiselle Marianne.	Les Projets de Mademoiselle Marcelle.
Les Pourquoi de Mademoiselle Suzanne.	La Maison de Mademoiselle Nicolle.
Les Parce que de Mademoiselle Suzanne.	Le Secret de Mademoiselle Marthe.
Les trois petits Mousquetaires.	L'Aventure de Paul Solange.

LA MÉDECINE NOUVELLE pour 1896, par le docteur Dubois. Pharmacie, hygiène, médecine. Un volume in-18 broché, 704 pages. Au lieu de 2 fr. 50, net . . . . franco 1 fr. 25
Relié toile, net . . . . franco 2 fr. »

MANUEL DE MÉDECINE. d'hygiène, de chirurgie et de pharmacie domestiques. par le docteur DEHAUT. Ouvrage à la portée de tout le monde et indispensable à toutes les familles (20e édition), 810 pages de texte, relié toile. franco 2 »

BEAUX LIVRES D'ÉTRENNES

Vendus avec un Rabais considérable

Collection grand in-8, à l'usage des jeunes filles.
Chaque volume relié, plaque spéciale, tranches dorées.
Au lieu de 9 fr.. . . . . .net 5 fr. 70

MARIE LAUBOT. **Mademoiselle Qu'en-dira-t-on.** Illustré de nombreuses gravures d'après les dessins de Giacomelli Duez, Bouisset, etc. . . . . . 1 vol.

MARIE LAUBOT. **Mademoiselle Sans-façon.** Illustré de nombreux dessins de Janniot, Giacomelli Stein, etc.. . . . . 1 vol.

Mᵐᵉ CHAMBON. **Olivette.** Illustré de 120 gravures par Janel. . . . . . 1 vol.

JEANNE MAIRET. **La Petite Princesse.** Illustré de 110 gravures par Bouisset. . . . . 1 vol.

PIERRE MAEL. **Sauveteur.** Ouvrage couronné par l'Académie française, illustré de 100 gravures par Le Mains et de Le Sénéchal. 1 vol. grand in-8, rel. plaque spéciale, tranches dorées. Au lieu de 12 fr. . . . . . net. 8 fr. »

NOUVELLE COLLECTION

GRAND IN-8 JÉSUS

Reliure anglaise, plaq. spéciale en 7 coul. Reliure riche toile.
Au lieu de 6 fr.. . . . . .net 4 fr. 15

H. M. STANLEY. **La Découverte du Congo.** Illustré de nombreuses gravures sur bois, d'après les dessins faits sur nature.

LE CAPITAINE COOK. **Les Trois Voyages du capitaine Cook.** Racontés par lui-même. Illustré de nombreuses gravures en taille-douce typographique d'après les dessins originaux des peintres attachés aux expéditions de Cook. Ouvrage réduit par Mallat de Basilan.

COLLECTION IN-8° JÉSUS

Richement illustrée de nombreuses gravures dans le texte et hors texte.
Reliure anglaise, plaque spéciale, noir or et argent, 3 fr. 90 . . .net 3 fr. 15

DANIEL DE FOE. **Les Aventures de Robinson Crusoé.** Illustrations de V.-A. Poirson et G. Halswelle. . . . . 1 vol.

J.-B. WYSS. **Robinson suisse.** Nouvelle édition revue par Ch. Simon, lauréat de l'Académie française. . . . . 1 vol.

LADY BRASSEY. **Voyages d'une famille à travers la Méditerranée,** racontée par la Mère. Traduits de l'anglais par Jehan de Bouteiller. . . . . . . 1 vol.

GASTON TISSANDIER. **Les Héros du travail.** (Nombreuses gravures sur bois.). . . . . 1 vol.

GASTON TISSANDIER. **Les Martyrs de la science.** (Nombreuses gravures sur bois.). . . . . 1 vol.

Le Naufrage de la « Jeannette ». Raconté par les membres de l'expédition. 1 vol.

BEAUX LIVRES D'ÉTRENNES

Le Coureur des Bois. 1 vol. grand in-8, illustré de 98 grav., par *Gabriel Ferry*, broché 10 fr... . . . . net **8 fr. 75**
Relié toile, tranches dorées . . . . net **10 fr. 95**

Les Mille et une Nuits, contes arabes traduits en français (édition complète), par *Galland,* 1 vol. grand in-8, broché 10 fr.. . . . . net **8 fr. 75**
Relié toile, tranches dorées, 14 fr.. . . . . net **12 fr.** »

L'Histoire de France en 100 tableaux, illustrée de 490 gravures par *Paul Lehugeur.* 1 vol. in-folio, cartonné.. . . . . net **6 fr. 50**
Reliure toile, plaque spéciale.. . . . . net **8 fr. 75**

L'Histoire Contemporaine de la France en 60 tableaux, illustrée de 256 gravures par *Paul Lehugeur.* 1 vol. in-folio, cartonné. . . . . **4 fr. 95**
Relié toile, plaque spéciale. . . . . **7 fr.** »

L'Histoire Sainte en 100 tableaux, illustrée de 367 gravures, cartonné. . **6 fr. 50**
Relié toile, plaque spéciale. . . . . **8 fr. 75**

Rondes et Chansons populaires illustrées. 1 vol. in-8 illustré de 230 vignettes.
Relié. . . . . **11 fr. 40**
A chaque chanson est jointe la musique avec un accompagnement pour piano.

LIVRES DE GRAND LUXE (Collection Hurtrel)
Superbes Planches et Gravures
Chaque volume format in-16. Broché dans un emboîtage artistique, au lieu de 33 francs . . . . net **4 fr. 25**
En riche reliure d'amateur, au lieu de 36 francs . . . . . . net **6 fr. 50**

Le Premier Grenadier de France (*La Tour d'Auvergne*), par *Paul Déroulède*. Ravissant volume, gravures dans le texte et superbes planches hors texte, par *Detaille, Ferdinandus*, etc., etc. . . . . **1 vol.**

La grande Diablerie, par *E. d'Amerval.* Charmant volume illustré de gravures en couleurs et eaux-fortes *d'Avril.* . . . . **1 vol.**

Madame Roland, sa *détention à Sainte-Pélagie* (1793). Très beau volume illustré par *Poirson,* quantité de dessins dans le texte et hors texte . . . . **1 vol.**

Aventures romanesques d'un comte d'Artois, d'après un manuscrit de la Bibliothèque Nationale. Ouvr. orné de nombr. dessins et chromolithogr. **1 vol.**

CHARLES BLANC

OCCASION — **HISTOIRE DES PEINTRES DE TOUTES LES ÉCOLES** — OCCASION

3000 gravures, fac-similés, signatures, monogrammes, etc.

14 beaux volumes, petit in-folio, brochés.. . . . . net **225 fr.**
Cette magnifique collection a été publiée à 600 fr.

BELLES OCCASIONS

Livres de Luxe à grand Rabais

Tous les livres annoncés ci-dessous sont neufs et de toute fraîcheur; la plupart seront augmentés de prix à partir du 1er janvier.

HENRY HAVARD

UN PEINTRE DE CHATS
MADAME HENRIETTE RONNER

13 grandes planches tirées à part et 16 dessins dans le texte.
Un volume in-4°, cartonnage riche. — Au lieu de 15 francs, net **6 fr. 50**.

RACINE. **Théâtre.** Nouvelle édition avec notices et critiques de Paul ALBERT, ornée d'un portrait sur acier, superbe impression, papier de fil. 2 forts volumes in-8, reliés toile, coins. Au lieu de 20 francs, ... net. **6 fr. 50**
Riche reliure d'amateur. Au lieu de 25 francs, ... net. **10 fr. »**

APPOLLONIUS DE RHODES. **Jason et Médée.** Trad. de Pons. En-têtes genre biscuit de Sèvres, encadrement bleu faïence. (Ouvrage de grand luxe. Edition Quantin.) 1 vol. in-32. Riche reliure d'amateur. Au lieu de 15 fr., net. **6 fr. 50**

HORACE. **Odes et Épodes.** En-têtes en 4 tons, genre pompéien, encadrement bleu foncé. 1 vol. in-32. Riche reliure d'amateur. Au lieu de 15 fr. . net. **6 fr. 50**

THÉOCRITE. **Les Idylles.** Trad. Guillet. En-têtes en couleurs et or, encadrement violet. 1 vol. in-32. Riche reliure d'amateur. Au lieu de 15 fr. net. **6 fr. 50**

PROPERCE. **Les Elégies.** En-têtes genre bas-reliefs florentins, encadrement carmin. Un vol. in-32. Riche reliure d'amateur. Au lieu de 15 fr. . net. **6 fr. 50**

BRILLAT-SAVARIN

PHYSIOLOGIE DU GOUT

Magnifique ouvrage orné de 200 gravures et 7 planches hors texte par Bertall.
1 vol. in-8. broché. Au lieu de 15 fr . net. **7 fr. 50**
En jolie reliure d'amateur. Au lieu de 25 fr. net. . . . . . **11 fr.**

L'INDUSTRIE HUMAINE
SES ORIGINES
258 dessins de BAYARD.
Magnifique vol. in-4°, reliure demi-chagrin, plats toile, tranches dorées.
Au lieu de 25 fr. . . . . net **7 fr. 50**.

SHAKESPEARE. **Œuvres complètes.** Trad. François-Victor Hugo, 18 vol. in-8. Édition Pagnerre. Au lieu de 90 fr. . . . . net **40 fr.**
Le même. Édition elzévirienne Lemerre, 17 vol. in-16 brochés, papier teinté. Au lieu de 85 fr. . . . . net **60 fr.**

LIVRES DE LUXE A GRAND RABAIS

GUIMET et **RÉGAMEY**. **Promenades japonaises** et **Tokio-Niko**. 2 vol. in-4 br., 12 aquarelles d'après nature, contenant une gravure originale japonaise. Au lieu de 60 fr... . . . . net **25 fr.** »

HOCHE (Jules). **Au pays des Croisades**. Splendide volume in-4. Belle reliure d'amateur. Au lieu de 25 fr., net **15 fr.** »
Beau volume illustré d'un grand nombre de gravures.

L'Art national, étude sur l'histoire de l'art en France, par Henri du Cleuziou. Les Origines, La Gaule, Les Romains. Ouvrage de grand luxe contenant 10 chromolithographies, 10 planches tirées à part et 400 gravures dans le texte. 1 beau volume gr. in-8 relié. Au lieu de 50 fr... . . . . net **15 fr.** »

DICK de LONLAY. **Nos gloires militaires**. Récits des combats et batailles les plus importants du siècle. Superbe volume in-4 orné de 283 gravures. Relié richement, plaque spéciale, tranches dorées. Au lieu de 20 fr. . . . . net **12 fr.** »

FOURNEL (V.). **Mon vieux Paris. Fêtes. Jeux et Spectacles**, contenant les fêtes et jeux publics, les foires, les boulevards, opérateurs, charlatans, arracheurs de dents, escamoteurs, ventriloques, tireurs de cartes, marionnettes, ombres chinoises, acrobates, nains et géants, animaux savants et curieux, cirques, courses, bêtes fauves et dompteurs, aérostats, 1 vol. petit in-4 orné de 165 gravures et planches. Relié richement, plaque spéciale, tranches dorées. Au lieu de 20 fr. net **12 fr.** »

FOURNEL. **Les Artistes français contemporains. Peintres. Sculpteurs**. 1 vol. in-4, illustré de 15 gravures, à l'eau forte et de 176 gravures sur bois. Relié richement, plaque spéciale, tranches dorées. Au lieu de 20 fr. net **12 fr.** »

GUIFFREY. **Histoire de la Tapisserie**, depuis le moyen âge jusqu'à nos jours. Volume in-4, illustré de 113 gravures et de 4 chromolithographies. Reliure riche, plaque spéciale, tranches dorées. Au lieu de 20 fr. . . . . net **12 fr.** »

LEVALLOIS (Jules). **Les Maîtres italiens en Italie**. Superbe ouvrage, illustré de 92 gravures. 1 vol. in-4, relié richement, plaque spéciale, tranches dorées. Au lieu de 20 fr. . . . . net **12 fr.** »

GARNIER (Edouard). **La Verrerie et l'Emaillerie**. Splendide vol. illustré, 4 chromolithographies et quantité de gravures et dessins. 1 vol. in-4, relié richement, plaque spéciale, tranches dorées. Au lieu de 20 fr.. . . . . . . net **12 fr.** »

25 DESSINS EN COULEURS
D'APRÈS
FRANÇOIS BOUCHER

Reproduits par G.-W. THORNLEY. — Très belles épreuves.

Magnifique album in-folio. Au lieu de 50 fr. net **12 fr.** »
Avant lettre. Au lieu de 150 fr. . . . . net **32 fr.** »
Avant lettre, sur Chine. Au lieu de 250 fr. . . . . net **50 fr.** »

LE GRAND BOUCHER

Huit pièces grand in-folio, en couleurs, en carton. Tirage à 50 ex. sur japon impérial.
Au lieu de 200 francs. net **40 fr.** »
Cette suite représente : Les Trois Grâces, du Musée Lacaze. — La Poésie épique. — La Poésie lyrique. — L'Histoire. — L'Astronomie, du Cabinet des Médailles. — Les Portraits de Mmes Boucher et Baudoin, et enfin l'Eventail du docteur Piogé.
Le tout imprimé en couleurs.

LE SALON
DE
M. LE COMTE DE LA BÉRAUDIÈRE

Cet album spécialement consacré à la décoration se compose de **34 aquarelles en couleurs** : *La Toilette de Vénus*, avec son cadre, *deux attributs, trois écrans, un canapé et vingt-quatre motifs pour fauteuils*, d'après les peintures de François Boucher.
Cet ouvrage, très bien exécuté, est indispensable à tous ceux qui s'occupent de la décoration des appartements, en donnant un aperçu du goût délicat apporté dans un ameublement du xviii° siècle. Ces planches sont la reproduction exacte du salon de M. le comte de La Béraudière, qui a été vendu 650.000 francs à une famille américaine.
Magnifique ouvrage en carton, tiré à 150 exemplaires sur papier bleuté.
Au lieu de 560 francs. . . . . net **85 fr.** »
Il a été tiré de cet ouvrage un nombre très restreint d'exemplaires en petit format.
Au lieu de 250 francs . . . . net **50 fr.** »

AUGUSTIN THIERRY
LES RÉCITS DES TEMPS MÉROVINGIENS

Ouvrage illustré de 42 compositions de Jean-Paul LAURENS.
Un volume in-4°. Belle reliure d'amateur. Au lieu de 40 fr. . . . . net **27 fr.**

LIVRES DE LUXE A GRAND RABAIS

HONORÉ DAUMIER
L'HOMME ET L'ŒUVRE
Par Arsène ALEXANDRE

Magnifique volume grand in-8°, orné d'un portrait à l'eau-forte, de deux héliogravures
et de 47 illustrations, reproductions des principales caricatures du maître.
Quelques exemplaires seulement.
Reliure d'amateur, tête dorée, au lieu de 32 fr. . . . . net **14 fr. 50**
Au lieu de 30 fr. . . . . 13 fr. 75

THEURIET
LE SECRET DE GERTRUDE

60 compositions dans le texte, 12 eaux-fortes hors texte.
Beau volume in-8 jésus. Riche reliure d'amateur, peau de crocodile.
Au lieu de 30 fr. . . . . net 13 fr. 75.

NOS OISEAUX

110 compositions de Giacomelli, superbe impression sur beau papier vélin.
Riche reliure plaque spéciale. Au lieu de 25 fr. . . . . . net **12 fr.**
Édition de grand luxe, 20 aquarelles de Giacomelli.
Magnifique volume in-4° jésus, imprimé sur beau papier vélin.
Broché ou en carton. Au lieu de 300 francs . . . . net **180 fr.**
Demi-reliure maroquin, coins, tête dorée, non rogné . . . . . . net **240 fr.**
Riche reliure en maroquin plein . . . . net **330 fr.**

LA VIE RUSTIQUE

Superbe ouvrage illustré de 118 compositions de Léon Lhermitte.
Un volume in-4°. Riche reliure d'amateur maroquin, reliure soignée.
Au lieu de 60 fr. . . . . net **30 fr.**

HIPPOLYTE BELLANGÉ & SON ŒUVRE

Par Jules ADELINE, avec eaux-fortes, gravures et fac-similés.
Un volume in-8°. Reliure d'amateur. Au lieu de 25 fr. . . . . net **12 francs.**

HAVARD
L'ART DANS LA MAISON
Grammaire de l'Ameublement

Petit in-8°, deux tomes réunis en un seul volume, nombreuses illustrations.
Belle reliure cuir japonais. Au lieu de 17 fr. . . . . . . net **10 fr.**

DÉCORATION POLYCHROME, par DUPONT-AUBERVILLE
L'Art, la Décoration et l'Ornement des Tissus
CHEZ LES ANCIENS ET CHEZ LES MODERNES

Splendide volume in-4°, illustré de 100 planches en or, argent et couleurs.
Au lieu de 150 fr. . . . . net **42 fr.**

Voyage de Paris à Saint-Cloud par mer et retour de Saint-Cloud à Paris par terre. 12 aquarelles de Jeanniot, dont 10 hors texte. Un volume in-8°. Riche reliure d'amateur, cuir
japonais. Au lieu de 35 fr. . . . . net **6 fr. 75**

Contes Chinois. — *La Matrone du pays de Soung.* — *Les deux Jumelles.* 18 aquarelles de
Poirson. Ces trois beaux ouvrages, format in-8°, impression de luxe sur beau papier
vélin teinté, sont illustrés de quantité de gravures dans le texte et de 80 magnifiques
aquarelles hors texte, imprimées par Lahure. Un vol. in-8°. Riche reliure d'amateur,
cuir japonais. Au lieu de 35 fr. . . . . net **6 fr. 75**

ROUSSELET
L'INDE DES RAJAHS

Voyage dans l'Inde centrale et dans les présidences de Bombay et du Bengale.
Ouvrage splendidement illustré, 317 gravures sur bois et 6 cartes.
Reliure d'amateur, tête dorée, coins. Au lieu de 60 fr., net . . . . **25 fr.**

OUVRAGES DE BIBLIOTHÈQUES

AUGIER (Emile). — **Théâtre complet et Œuvres diverses**. 7 vol. in-12. Belle reliure, tête dorée, au lieu de 45 fr. . . . . net. 35 fr. •
— Le même ouvrage, demi-rel., tranches jaspées. . . . . et 27 fr. »
AUTEURS COMIQUES. — (Chefs-d'Œuvre). Scarron, Montfleury, La Fontaine, Marivaux, etc. 8 vol. in-18 (Didot). Belle reliure, au lieu de 36 fr. . . . . net 24 fr. »
BARRAS. **Mémoires**. 4 vol. in-8° demi-rel chagr., tranches jaspées. . . . . net 34 fr •
BEAUDELAIRE (Charles). — **Œuvres complètes**. 7 vol. in-18 Belle rel. d'amat., net 35 fr. •
BLANC (Louis). — **Histoire de la Révolution Française**. 13 vol. reliés, in-8°. Belle reliure d'amateur. . . . . net 24 fr. 50
— Histoire de dix ans (1830-1840) 5 vol. in-8°, rel. demi-chagrin, 40 fr. . . net 30 fr. »
BUCKLE. — **Histoire de la civilisation en Angleterre**. Traduction Baillot. 5 vol. in 18, demi-rel. chag., 25 fr. . . . . net 20 fr. »
BYRON. — **Œuvres complètes**. 4 vol. demi-chagrin, tranches jaspées, au lieu de 15 fr., net. . . . . 12 fr. »
COOPER. — **Œuvres**. Traduction Defauconpret. 30 vol. in-8°, ornés de jolies grav. d'après les dessins d'Alfred et Tony Johannot (Jouvet). Belle rel. en chag., au lieu de 175 fr., net. . . . . 120 fr. »
COPPÉE. — **Œuvres**. 14 vol. Bibl. Elzévirienne Lemerre. Belle reliure d'amateur, coins, au lieu de 100 fr. . . . . net 85 fr. »
CRÉQUY (Marquise de). — **Souvenirs, 1718-1803**. 5 vol. in-18 avec 10 portraits sur acier, demi-chag. . . . . net 15 fr. »
Chroniques de l'Œil-de-Bœuf, par Touchard-Lafosse. 10 vol. in-18, demi-rel., tr. jasp., au lieu de 30 fr. . . . . net 25 fr. »
DANRIT (Capitaine). — **La Guerre de demain** 6 vol. in-18, demi-rel. chag. . . . . . net 15 fr. »
D'ABRANTES (Duchesse). — **Mémoires**, souvenirs historiques sur Napoléon, la Révolution, le Directoire, le Consulat, l'Empire et la Restauration. 10 vol. in-18, demi-rel. tranches jaspées, net. . . . . 12 fr. 50
DELAVIGNE (Casimir). — **Œuvres complètes**. Nouvelle édition, augmentée de poésies inédites (Didot). 4 vol. in-12, reliure d'amateur, tête dorée, au lieu de 25 fr. . . . net 15 fr. »
DELORD (Taxile). — **Histoire du Second Empire**. 6 vol. in-8° (Alcan) rel. solidement, demi-chag., net. . . . . 45 fr. •
DURUY (V.). — **Histoire des Romains**, depuis les temps les plus reculés jusqu'à l'invasion des Barbares. 7 vol. in-8° jésus, contenant 50 planches en chromolithographie, 46 cartes et plans et 3.45 gravures. Broches, au lieu de 175 fr. net. . . . . 130 fr. •
Reliure amateur ou rel. plaque, net 170 fr. »
DURUY (V.). — (Suite) **Histoire des Grecs**, depuis les temps les plus reculés jusqu'à la réduction de la Grèce en province romaine. 3 vol. in-8° jésus, contenant 14 planches en chromolithographie, 2.2 0 gravures et 30 cartes ou plans . . . . net 60 fr. »
Reliure plaque ou rel. d'amateur, net 80 fr. »
DU CAMP (Maxime). — **Paris, ses Organes, ses Fonctions, sa Vie**. 6 vol. in-12 (Hachette). Reliure amateur, tête dorée, au lieu de 38 fr., net. . . . . 30 fr. »
— **Les Convulsions de Paris**. 4 vol. in-12, reliure amateur, tête dorée 25 fr. . . net. 18 fr. »
DUMAS (fils). — **Théâtre**. 7 vol. reliure amateur, tête dorée. . . . . net 35 f. »
— Le même ouvrage, demi-reliure, tranches jaspées. . . . . net 27 fr. »
FEUILLET (Octave). — **Théâtre complet**. 7 vol. in-18. Belle reliure d'amateur, tête dorée, net. . . . . 35 fr. »

FIGUIER (Louis). — **Les Merveilles de la Science**, ou description populaire des inventions modernes. 6 vol. gr. in-8°, illust. de 1.817 grav. (Jouvet). Belle rel. demi-chagr., tr. jasp., 90 fr. . . . . net 70 fr. »
— **Les Merveilles de l'Industrie**, ou description populaire de procédés industriels depuis les temps les plus reculés jusqu'à nos jours. 4 forts vol. gr. in-8°, illustrés de 1.388 gravures, belle rel. demi-chagr., tr. jaspées, 60 fr. net 45 fr. »
FLAUBERT. — **Œuvres complètes**, édition définitive 8 vol. in-8° (Quantin). Demi-rel. chagr., tranches jaspées. . . . . net 65 fr. •
FLAUBERT. — **Œuvres** (édition Charpentier). 7 vol. in-18, reliure d'amat., tête dorée. net 35 fr.
GALIANI (l'abbé). — **Lettres à Madame d'Epinay** Voltaire, Diderot, etc. Notice par E Asse, 2 vol. in-18, demi-rel. chagr., 12 fr. . . net 8 fr. »
GALLAND. — **Les Mille et une nuits** (Contes arabes). 3 vol. in-18, demi-rel. chagr., au lieu de 15 fr. . . . . net 9 fr. »
GERVINUS (G.-G.). — **Histoire du XIX° siècle**, depuis les traités de Vienne. 23 vol. in-8°, belle rel., 184 fr. . . . . net 110 fr. •
GONDINET (Edmond). — **Théâtre complet**. 5 vol. in-12. Jolie reliure d'amateur, tête dorée. Au lieu de 37 fr. 50 . . . . . . net. 25 fr. •
GUIZOT. — **L'Histoire de France**, depuis les temps les plus reculés jusqu'en 1848, racontée à mes petits-enfants. 7 vol. in-8° jésus avec 615 gravures, d'après les dessins d'A. de Neuville, etc., br., au lieu de 138 fr. . . . net 103 fr. •
Reliure amateur ou rel. plaque, net 145 fr. »
— **Histoire de la civilisation en France et en Europe**. 5 vol., rel. amat., tête dorée, net 25 fr. •
GRIMM, DIDEROT, RAYNAL et MEISTER. — **Correspondance littéraire, philosophique et critique** (Garnier). 16 vol. in-8°, demi-rel. chagr., tranches jaspées, 160 fr. . . . net 115 fr. »
GROTE (G.). — **Histoire de la Grèce**. Traduction A.-L. de Sadous 19 vol. in-8° (ouvrage couronné par l'Académie française). Belle rel. 150 fr. . . . . net 90 fr. •
HAUSSMANN. — **Mémoires** La Restauration. Gouvernement de Juillet. République de 1848. Le Coup d'Etat. L'Empire. Les grands travaux de Paris. 4 vol. in-8°, papier de Hollande. Au lieu de 60 . . . . net 39 fr. •
HUGO (Victor) — **Œuvres** (Edition Hetzel-Quantin, ne varietur). 48 vol. in-8° demi-rel. chagr., au lieu de 483 fr. . . . . . . net 350 fr. •
— **Poésies complètes**. 20 vol. in-18, reliés en 10 vol. Superbe rel. amateur, tête dorée. net 50 fr. »
— **Théâtre complet**. 10 vol. in-18 reliés en 5 vol. Belle rel. d'amateur tête dorée. net 25 fr. »
— **Les Misérables**. 8 vol. in-18 reliés en quatre, rel. amateur, tête dorée. 30 fr. . net 20 fr. »
LABICHE (E.). — **Théâtre complet**, avec une préface par Emile Augier. 10 vol. in-12 (Edit. Lévy), belle reliure, tête dorée, au lieu de 60 fr. net . . . . 45 fr. »
— Le même, demi-rel. tr. jaspées, au lieu de 50 fr. net . . . . 38 fr. »
LAMARTINE (Alph. de). — **Histoire des Girondins**. 6 vol. in-12, belle rel., tête dorée, au lieu de 38 fr. . . . . net 30 fr. »
— **Œuvres**. 10 vol. Bibl. Lemerre. Belle rel. d'amateur, coins. Au lieu de 90 fr. net 70 fr. »
— **Poésies**. 10 vol. in-12, rel. d'amateur, tête dorée, au lieu de 60 fr. . . net 45 fr.
— **Poésies**. 10 vol. Edition Lemerre. rel. d'amateur. . . . . net 70 fr.
LAURENT (Fr.). — **Histoire du droit des gens**. Etude sur l'histoire de l'humanité. 18 vol. gr. in-8°, belle reliure demi-chagrin, 209 fr. net. . . . . 125 fr. »
LAVALLEE — **Histoire des Français**, depuis les Gaulois jusqu'à nos jours. 6 vol. in-12, jolie reliure, tête dorée, 35 fr. . . . net 38 fr. •

Ouvrages de Bibliothèques (suite).

MARBOT (Général). **Mémoires.** Gênes, Austerlitz, Eylau, la Bérésina, Leipzig, Waterloo. 3 vol. in-8. . . . . net 19 fr. 50
Reliés. . . . . 27 fr. 50

MARTIN (Henri). **Histoire de France populaire,** des origines à nos jours. 7 vol. in-4, bonne demi-rel., au lieu de 100 fr. net 65 fr. »

— **Histoire de France** depuis les temps les plus reculés jusqu'à nos jours. 25 vol. in-8 ornés de 75 grav. sur acier. demi-rel. tr. jaspées. . . . . . net 165 fr. »

MICHELET. **Histoire de France.** Edition illustrée par Vierge. 19 vol. in-8, demi-reliure, tr. jaspées, 175 fr , net 125 fr. »

— **Histoire de la Révolution Française,** 9 vol. Edition illustrée par Vierge, au lieu de 90 fr. . . . net 65 fr. »

— **Histoire de la Révolution Française** (Edition du Centenaire). 5 vol. in-4 papier vélin (Impr. nationale). Belle reliure d'amateur. . net 50 fr. »

MOINAUX (Jules). **Les Tribunaux comiques.** 6 vol. illustrés, demi chagrin, tranches jaspées. Au lieu de 40 fr. . . . . net 30 fr. »

MOLIÈRE. **Œuvres complètes.** 3 vol. in-18, demi chagrin. Tranches jaspées. . . . net 9 fr »
La même édition avec 39 dessins de Moreau, reliure d'amateur. . . . . . . net 16 fr. »

MOMMSEN. **Histoire romaine** (Nouvelle édition), 7 vol. in-18, belle rel. demi-chag. net 30 fr. »

MONTAIGNE. **Œuvres.** 4 vol. in-12, demi-chagrin, tr. jasp., au lieu de 20 fr. . . . net 12 fr. »

MOTTLEY. **La Révolution des Pays-Bas** (Nouvelle édition). 6 vol. in-18, reliure demi-chagrin, au lieu de 30 fr. . . . . net. 25 fr. »

MOTTEVILLE. **Mémoires sur Anne d'Autriche et sa Cour.** 4 vol. in-18, demi-rel. chag., tr. jaspées, au lieu de 20 fr. . . . . . . net 12 fr. »

MUSSET (Alfred de). **Œuvres complètes.** 10 vol. in-8, 28 dessins de Bida, gravés sur acier, rel. amat., tête dor., au lieu de 150 fr. net. . . . . 90 fr. »

— Œuvres complètes. 10 vol. in-18, reliure amateur, tête dorée, 60 fr. net 45 fr. »

— La même édit., demi-rel., tranches jaspées. . . . . net 40 fr. »

— **Œuvres complètes** (Edit. Lemerre), rel. d'amateur. . . . . . . net 70 fr. »

— **Œuvres complètes** (Edit. populaire). Un volume grand in-8 de 800 pages, 8 dessins de Bida, gravés sur acier, rel. amat. tête dorée, coins. . . . net 24 fr. 50

— La même édition, avec 12 gravures, y compris le portrait. 1 vol. grand in-8 de 800 pages, belle rel. tête dorée, net 17 fr. 50

— La même édition, sans gravures, net 12 fr. 75

NISARD. **Histoire de la Littérature Française.** 4 vol. in-12, rel. amateur, tête dorée. . net 22 fr. »

PLATON. **Œuvres.** 10 vol. in-12, demi-chagrin, tr. jaspées, au lieu de 55 fr. . net 30 fr. »

PLUTARQUE. **Vie des Hommes illustres** 4 vol. in-18, demi-rel., tranches jaspées, au lieu de 15 fr. . . . . net 12 fr. »

PROUDHON. **Correspondance.** 14 vol. in-8, demi-rel. chagrin, tranches jaspées, net 40 fr. »

— **La Justice dans la Révolution et dans l'Eglise,** 6 vol. in-18, demi-reliure, tr. jaspées. . . . . net 18 fr. »

REGNAULT (Elias). **Histoire de huit ans.** 3 vol. in-8, bonne demi-rel., au lieu de 24 fr. net. . . . . 18 fr.

RETZ (Cardinal de). **Mémoires.** 4 vol. in-18, demi-rel., tr. jasp., au lieu de 20 fr. net 12 fr. »

RECLUS (E.). **Nouvelle géographie universelle. La Terre et les Hommes.** Ouvrage complet. 19 vol. in-8 jésus, avec de nombreuses cartes et grav. br , 535 fr. . . . . net 400 fr. »
Rel. pl. ou bien rel. d'amateur. net 510 fr. »

SAINT-MARC GIRARDIN. **Cours de Littérature dramatique.** 5 vol. in-12, jolie reliure demi-chag. tête dorée. Au lieu de 35 fr. . . net 25 fr. »

SAINT-SIMON (Duc de). **Mémoires.** 22 vol. in-18, demi-rel. chagrin, tranches jaspées, au lieu de 150 fr. . . . . net 100 fr. »

SEVIGNE (Mme de). **Mémoires.** 6 vol. in-18, demi-rel. chagr., tr. jaspées. . . . net 18 fr. »

SHAKESPEARE. **Œuvres complètes** (Traduction François Victor Hugo, avec une introduction de Victor Hugo). 18 vol. (Pagnerre). Belle reliure, tranches jaspées, au lieu de 125 fr. net. . . . . 75 fr. »

— Le même ouvrage (édition Lemerre), sur beau papier teinté. 17 vol. in-16 elzévir. Reliure magnifique, d'amat., tête dorée, coins, 150 fr. . . net 90 fr. »

— Le même ouvrage (trad. Benjamin Laroche), 6 vol. in-18, demi-rel. chagr. tr. jaspées, au lieu de 30 fr. . . . . . net 18 fr. »

STENACKERS. **Histoire du gouvernement de la Défense nationale en province** (1870-1871). 3 vol. in-18, demi-rel. chag. 15 fr. . . . net 12 fr. »

SULLY-PRUDHOMME. **Œuvres.** 5 vol Bibli. elzévirienne Lemerre. Belle reliure d'amat., coins. Au lieu de 50 fr. . . . . net 35 fr. »

TAINE. **Littérature Française.** 5 vol. in-12, rel. d'amateur, au lieu de 30 fr. . net 25 fr. »
— **Origines de la France contemporaine.** Ancien régime, Révolution, Régime moderne. 6 vol. in-8. Reliure demi-chagr. net. . . . . 50 fr. »

TALLEMANT DES RÉAUX. **Historiettes, Mémoires** pour servir à l'histoire du XVe siècle. 5 vol. in-18, avec portraits, rel. amateur, tête dorée. 25 fr. »

THIERS (A.). **Histoire de la Révolution française.** 10 vol. in-8, pap. vélin glacé, orné de 35 grav. sur acier. Belle reliure, 80 fr. . net 60 fr. »

Histoire du Consulat et de l'Empire. 21 vol. in-8 illustrés de 75 belles gravures sur acier (Jouvet). Belle rel. demi-chagr., 165 fr. net 125 fr. »

THIERRY (Augustin). **Œuvres.** 10 vol. in-18, demi-chagrin, au lieu de 40 fr. . net 30 fr. »

VERON (Dr). **Mémoires d'un Bourgeois de Paris,** contenant : la fin de l'Empire, la Restauration, Monarchie de Juillet et la République jusqu'au rétablissement de l'Empire. 5 vol. in-12, amat. net. . . . . 25 fr. »
Edition devenue très rare.

WALTER SCOTT. **Œuvres** (Traduction Defauconpret). 30 vol. in-8, demi-reliure, tranches jaspées. . . . . net 120 fr. »

OUVRAGES D'OCCASION

870. ABOUT. **Tolla**, 1 beau vol. in-4°, illustré de 10 pl. hors texte, gravées sur bois d'après de Myrbach, d'un portrait de l'auteur d'après P. Baudry, et de 35 ornements par A. Giraldon. Exempl. numéroté sur papier vélin avec deux suites de planches hors texte. Au lieu de 80 fr., net. . . . . 60 fr. »

871. ADAM (M⁻ᵉ Juliette Lamber). **La Chanson des Nouveaux Époux** (Paris, Conquet, 1882). In-fol. br. . . . . net 100 fr. »

Épuisé.

Exemplaire sur papier du Japon, n° 23, avec les eaux-fortes en deux états, avant la lettre et avec la lettre, publication de grand luxe, illust. de Constant, E. Detaille, G. Doré, J.-P. Laurens, Yon, etc.

872. BOILEAU-DESPRÉAUX. **Œuvres poétiques**, introductions et notes par F. Brunetière. Magnifique vol. in-4°, illustré de 27 eaux-fortes d'après Mᵐᵉ Madeleine Lemaire, Bida, Bonnat, Cabanel, Chapu, Delort, F. Flameng, Gérôme, J.-P. Laurens, Le Blant, L.-O. Merson, Vibert. Broché. Au lieu de 135 fr. . . . . net 70 fr. »

873. BOCCACE. **Les Dix Journées**. Paris, Jouaust, 1873, 4 tomes en 10 vol. in-8. br., net. 125 fr. »

Splendide édition ornée d'eaux-fortes de Flameng. Un des plus beaux et plus rares ouvrages publiés par la librairie des Bibliophiles, tirage en grand papier de Hollande, exemplaire numéroté.

Le même tirage in-12, papier de Hollande, exemplaire numéroté. . . . . . net 80 fr. »

874. BRUANT (Aristide). **Le Mirliton**, 100 premiers numéros, dessins de Steinlen, très rare, net. . . . . 40 fr. »

875. **Cent Nouvelles Nouvelles** (Les), avec notices, notes et glossaire, par P. Lacroix, 10 vol. in-8°. *Librairie des Bibliophiles*. . . . net 80 fr. »

Édition complètement épuisée, exemplaire numéroté sur papier de Hollande, tirage spécial à 20 exemplaires, contenant les dessins de J. Garnier, gravés à l'eau-forte par Lalauze et reproduit par l'héliogravure.

876. CERVANTES. **Don Quichotte de la Manche**, trad. par L. Viardot, avec les dessins de G. Doré. *Paris, Hachette*. 1863, 2 vol. in-fol. cart. net . . . . 100 fr. »

Très bel exemplaire du premier tirage.

877. — **Don Quichotte**, traduit par Bouchon Dubournial (Paris, Méquignon-Marvis, 1822). 4 vol. in-8°, d.-rel. chag. vert. Papier vélin, net. 60 fr.

Exemplaire contenant la suite des figures de Grandville, sur Chine, premier tirage avant lettre et avec la lettre : la suite de Blanchard en trois états, avec lettre, avant lettre et eau-forte pure, et la suite de Chasselat sur Chine avant toute lettre.

878. **Chasse Illustrée** (La). Journal des chasseurs et de la vie à la campagne, publié sous la direction de E. Bellecroix. *Paris, Didot*. 1ᵉ année 1867 à 1893, 26 vol. in-fol. cart. . . . . net 575 fr.

Intéressante collection, contenant des récits de chasses, de pêches, de voyages, des études sur l'acclimatation, la pisciculture, l'histoire naturelle, etc. Magnifiques gravures.
Exemplaire en très bon état.

879. CHÉNIER (André). **Poésies**, publiées avec une introduction par Becq de Fouquières (Paris, Charpentier. 1888. In-4° en feuilles, sur japon, net. . . . . 300 fr. »

Illustré de 12 magnifiques compositions à l'eau-forte par Bida. Publié à 500 fr.

880. CLARAC (Comte de). **Musée de sculpture antique et moderne**, ou Description historique et graphique du Louvre et de toutes ses parties, des statues, bustes, bas-reliefs et inscriptions du Musée des Antiques et des Tuileries et de plus de 2500 statues antiques, accompagnée d'une iconographie Égyptienne, grecque et romaine. *Paris. 1841-1853. 6 vol. in-8 de texte et 6 vol. in-4 oblong de planches. En 12 vol. demi-rel. chagrin. . . . . net 225 fr. »

Très bel exemplaire d'un ouvrage rare et estimé.

881. **Dictionnaire de la conversation et de la lecture** 16 vol. gr. in-8 dem.-rel. Au lieu de 256 fr. net. . . . . 65 fr. »

Le même ouvrage, 16 vol., supplément 5 vol. Ensemble 21 vol. gr. in-8, demi-reliure neuve. Au lieu de 341 fr. . . . . net 150 fr. »

Ce dictionnaire, la plus complète, la plus actuelle des encyclopédies, où environ 100 000 articles comprenant l'universalité des sciences se trouvent alphabétiquement classés, est, on peut le dire, aux travaux de l'esprit, ce qu'un almanach d'adresses est aux besoins du commerce.

882. DU FOUILLOUX. **La Vénerie de Jacques du Fouilloux**, seigneur dudit lieu, gentilhomme du pays de Gastine en Poictou, par lui jadis dédiée au roy Charles neuviesme (Paris, chez Abel l'Angelier, 1606). In-8°, mar. rouge, filets, dos orné, dent. int., tr. dor. . . . . net 275 fr. »

Superbe exemplaire suivi de la Chasse du loup, de la fauconnerie de Jean de Franchières, grand-prieur d'Aquitaine, Paris, Abel l'Angelier, 1607, et de celle de messire Artelouche de Alagona, seigneur de Maurueques, conseiller et chambellan du roy en Sicile.
Nombreuses figures sur bois.

883. GAVARNI. **Perles et Parures**. Les Parures et les Joyaux fantaisie, texte par Méry, histoire de la mode et minéralogie des dames par le comte Foelix (Paris, de Gonet, s. d.). 2 vol. gr. in-8°, d.-rel. amateur, maroq. citron., dos orné, tranches ébarbées. . . . . net 60 fr. »

Planches sur papier vélin et finement coloriées ; les marges sont découpées en dentelles.

884. GRAFFIGNY (Mᵐᵉ). **Lettre d'une Péruvienne** (Paris, de l'Imprimerie de Migneret, 1797). Gr. in-8° maroq. olive, filets, dos orné, dent. intér., tr. dor. . . . . net 100 fr. »

Magnifique reliure, exemplaire très grand de marges, illustré d'un portrait par Gaucher et 6 jolies figures dessinées par Le Barbier.

885. GUIFFREY. **Antoine van Dick**, sa vie et son œuvre. 1 vol. in-fol. colombier, contenant une très importante étude sur la vie et les œuvres du maitre et de ses élèves, une centaine de gravures dans le texte et plus de 30 grandes planches tirées hors texte et gravées par Boulard fils, Courtry, Fraenkel, Hecq, Gaujens, Masson, Millius Salmon, etc. Sur beau papier et planches sur hollande, dans un cartonnage artistique 100 fr. net. . . . . 50 fr. »

Le même, sur papier Whatman, exemplaire réservé avec une triple suite des planches avec lettre sur hollande, avant lettre sur hollande en sanguine et avant lettre sur japon. 300 fr., net. . . . . 140 fr. »

886. HILLEMACHER. **Galerie historique** des portraits des comédiens de la troupe de Molière, gravés à l'eau-forte sur des documents par F. Hillemacher, avec des détails biographiques succincts, relatifs à chacun d'eux (Lyon, Scheuring, 1869). In-8° en feuilles dans un emboitage, net. . . . . 200 fr. »

Exemplaire unique sur peau de vélin.

887. **Illustration** (L'). Collection complète de l'origine 1843 à 1894, 104 vol. in-fol. demi-rel. Au lieu de 2500 fr. . . . . net 875 fr. »

Très bonne collection de cet intéressant journal, un des meilleurs illustrés. L'*Illustration* fait appel, pour sa partie littéraire, aux plus éminents écrivains de notre temps et compte parmi ses collaborateurs artistiques les dessinateurs les plus réputés.

La même collection demi-reliure neuve, de l'origine 1843 jusqu'au 1ᵉʳ semestre 1895. 105 volumes. . . . . net 1200 fr. »

888. **Imitation de Jésus-Christ**, traduction de Lamennais (Paris, Gruel-Engelmann). In-4° en feuilles dans un emboitage. . . . . . 350 fr. »

Publié à 700 francs. Exemplaire neuf d'un ouvrage magnifique comme dessins et impression. Miniatures en or et en couleurs, d'après les manuscrits du moyen âge.

Ouvrages d'occasion (suite).

889. LAFENESTRE. **Titien.** 1 beau vol. in-fol., illustré de grandes planches hors texte, en héliogravure ou gravées à l'eau-forte par Gaujean et Le Nain et de plus de 100 gravures, dont 25 reproduisant les principales œuvres du Titien. Sur papier de Hollande, contenant une double suite des planches avec et avant lettre, sur Japon, 200 fr. . . . . net 140 fr. »

890. LAFONTAINE. **Dessins de Fragonard** pour les **Contes** de La Fontaine, gravés par Martial et destinés à orner l'édition de Didot, 1795 (Paris. Rouquette). 10 livr. en portefeuille, 250 fr., net . . . . 75 fr. »

On a ajouté à cet exemplaire les portraits de La Fontaine et de Fragonard.

891. LOTI (Pierre). **Madame Chrysanthème** (Paris, Guillaume, 1888). In-12 br., couverture en soie, ornement or, dans un riche emboîtage sur lequel est frappé un motif de Falguière. *Edit. complètement épuisée* . . . . net 45 fr. »

892. **Magasin Pittoresque.** Origine 1831 à 1882. 50 volumes in-4 demi-reliure neuve. Au lieu de 500 fr. . . . . net 350 fr. »

893. MOLIÈRE. **Théâtre,** splendide édition, ornée de dessins de Leloir, gravés à l'eau-forte par Flameng. 8 vol. in-8°. *Librairie des Bibliophiles.* Belle édition complètement épuisée. net . . . . 240 fr. »

Le même, bonne reliure d'amateur, tête dorée, non rogné . . . . net 275 fr. »

894. MUSSET (A. de). **Nouvelles,** édition illustrée de 1 portrait gravé par Burney et de 5 compositions de F. Flameng, gravées par Mordant, 10 vignettes, en-tête et culs-de-lampe, par Cortazzo et gravés par Lucas. 1 vol. in-8°, sur papier vélin. Au lieu de 50 fr. . . net 37 fr. 50

895. **Nature** (La), revue illustrée des sciences. Origine 1873 à 1895, 23 volumes gr. in-8, demi-reliure neuve. Au lieu de 600 fr. net 325 fr. »

La même collection origine 1873 à 1894, 23 vol. Tables de 1873 à 1893, 2 vol. Ensemble 24 volumes demi-reliure. . . . . net 300 fr. »

896. **Normandie illustrée** (La), monuments, sites et costumes dessinés d'après nature par Benoist, les costumes dessinés par Lalaisse. *Nantes, Charpentier,* 1852, 2 vol. in-folio, demi-rel. . . . . net 100 fr. »

Très bel exemplaire.

897. OVIDE. **Les Métamorphoses,** trad. par Villenave (Paris, Gay et Guestard, 1806). 4 vol. in-8°. d.-rel. mar. vert, coins, tr. rouges., net 100 fr.

Bel exemplaire d'un livre bien illustré, contenant 144 figures par Lebarbier, Monsiau et Moreau, gravées par Baquoy, Dambrun, Delvaux, de Ghendt, etc.

898. **Petite Collection antique,** 14 vol. in-32, brochés. Exemplaire numéroté sur papier du Japon. . . . . net 500 fr. »

Cette collection comprend :

Apulée : *L'Amour et Psyché.* — Longus : *Daphnis et Chloé.* — Mussée : *Héro et Leandre.* — Ovide : *Les Amours.* — Tatius : *Leucippe et Clitophon.* — Lucien : *Dialogues des Courtisanes.* — Virgile : *Les Bucoliques.* — Anacréon et Sapho. — *Poésies.* — Apollonius de Rhodes : *Jason et Médée.* — Horace : *Odes et Epodes.* — Properce : *Les Elégies.* — Théocrite : *Les Idylles.* — Lucius : *L'Ane.* — Catulle : *Odes.*

Chacun des volumes de cette petite bibliothèque a une forme typographique inusitée ; les illustrations en rapport avec le sujet Les caractères ont été gravés pour ces volumes. Intéressante collection difficile à rencontrer complète ; la plupart des volumes sont épuisés et atteignent dans les ventes publiques les prix de 40 et 50 fr.

899. PFNOR. **Monographie du palais de Fontainebleau,** accompagnée d'un texte historique et descriptif par Champollion-Figeac. *Paris,* 1863, 2 vol. in-fol. dem.-rel chag. plats toile. Au lieu de 500 fr. . . . . net 225 fr. »

Splendide ouvrage, comprenant 150 planches dont 5 en chromolithographie et un texte illustré. Très bel exemplaire monté sur onglets.

900. PFNOR. **Monographie du château d'Anet,** construit par Ph. de L'Orme. *Paris,* 1867, in-fol. demi-rel. chag. . . . . net 110 fr. »

Très bel exemplaire d'un ouvrage estimé et recherché.

901. PFNOR. **Le Château de Fontainebleau.** Architecture et décoration des époques de Louis XIV à Louis XVI. *Paris,* 1883. 1 vol. gr. in-fol. bonne demi-reliure bien conditionnée : l'ouvrage est monté sur onglets. Au lieu de 200 francs, net. . . . . 125 fr. »

Magnifique ouvrage orné de 80 planches gravées ou en chromolithographie : texte historique et descriptif accompagné de gravures sur bois.

902. RABELAIS **Les Cinq Livres,** publiés avec variantes par Chéron *Paris, Jouaust* 1876. 5 vol. in-16 br. papier de Hollande.. . net 50 fr. »

Epuisé, édition ornée de 11 eaux-fortes de Boilvin.

903. RAYET. **Monuments de l'art antique.** 2 vol. in-folio dans un cartonnage artistique. Au lieu de 175 fr. . . . . net 110 fr. »

Tous les monuments célèbres de la statuaire antique, grecque ou égyptienne, sont recueillis dans cette publication : marbres, terres cuites, empruntés aux collections publiques ou aux cabinets des particuliers.

904. **Sainte Bible** (La). Traduction nouvelle avec les dessins de G. Doré. *Tours. Mame,* 1874, 2 vol. in-fol. cart. percaline. . . . . . net. 120 fr. »

905 SAINT-PIERRE (Bernardin de). **Paul et Virginie.** *Paris, Curmer,* 1838, Grand in-8 veau violet, compartiments à froid sur le dos et les plats du volume, tranches dorées. . net 80 fr.

Très bel exemplaire dans sa première reliure, magnifique ouvrage un des mieux illustrés du xixe siècle, orné d'environ 450 vignettes et de 29 planches gravées sur bois : Meissonier, à lui seul, en a dessiné 139.

906. **Tour du Monde** (Le). Collection complète de l'origine 1860 à 1894, 35 années en 34 vol., in-4 demi-reliure neuve, chagrin. Au lieu de 1125 fr. . . . . net 600 fr. »

Ce journal est en France et à l'Etranger, le seul recueil de son espèce, et l'un des plus beaux journaux illustrés de notre temps.

907. VOLTAIRE. **Œuvres complètes,** nouvelle édition avec notices, préfaces, variantes, notes, par L. Moland. 52 volumes in-8, très bonne reliure de bibliothèque. Au lieu de 500 fr., net. . . . . 325 fr. »

908. VOLTAIRE. **Œuvres complètes.** De l'imprimerie de la Société typographique (Kehl), 1784-1789. 70 vol. in-8, basane, filets, tr. dorées. net. . . . . 300 fr. »

Splendide exemplaire dans sa première reliure, édition célèbre, due à Beaumarchais qui avait créé à Kehl une imprimerie, destinée expressément à mener à bien ce grand ouvrage. Les figures de Moreau et les portraits sont en très belles épreuves.

909. VOLTAIRE. **Œuvres complètes.** *Paris, Renouard,* 1819-1825, 66 vol. in-8 demi-rel. chag. rouge, fleurons. . . . . net 200 fr. »

Très bel exemplaire non rogné de cette édition imprimée chez Crapelet, ornée des belles figures et portraits de Moreau.

DICTIONNAIRES FRANÇAIS & ENCYCLOPÉDIQUES

Belèze. *Dictionnaire universel* de la vie pratique à la ville et à la campagne, contenant les notions d'utilité générale et renseignements usuels journaliers. 1 vol. grand in-8, broché, net. . . . . 18 fr. 40
Demi-rel. chagrin, pl. toile, 26 fr., net 22 fr. 45
Descubes. *Nouveau Dictionnaire d'Histoire et de Géographie*. 2 forts vol. gr. in-8, br., net. 22 fr. »
Rel. . . . . net 30 fr. 50
Labarthe *Dictionnaire populaire de Médecine usuelle, d'Hygiène publique et privée*. 2 forts vol. grand in-8 illustrés, brochés, net 22 fr. »
Rel. demi-chagr., pl. toile, 35 fr., net 30 fr. 25
Larousse (Pierre). *Grand Dictionnaire universel du XIXᵉ siècle*. — Langue française. — Histoire. — Mythologie. — Biographie. — Sciences et Beaux-Arts, etc. 17 vol. in-4, rel. demi-chagrin, plats toiles, 765 fr. net. . 440 fr. ,
Littré (É.). *Dictionnaire de la Langue française*. 5 vol. in-4, reliure demi chagrin, plats toile, 136 fr. . . . . net 85 fr. »
— *Dictionnaire de la Langue française* (Abrégé du Grand Dictionnaire). In-8 de 1.405 pages, demi-chagrin, plats toile, net 14 fr. 90
Vapereau. *Dictionnaire universel des Littératures*, contenant des notices sur les écrivains de tous les temps et de tous les pays. 1 fort vol. grand in-8, broché. . . . . . net 30 fr. 50
Demi-rel. chagrin, plats toile, net 35 fr.

GLOBES TERRESTRES ET CÉLESTES
Dressé par LEVASSEUR, PÉRIGOT, JUNG.

FRANCO DE PORT ET D'EMBALLAGE POUR LA FRANCE.

NUMÉROS	CIRCONFÉRENCES	Montés sur pieds bois.		Inclinaison sur l'écliptique, pied bois.		Inclinaison sur l'écliptique pied fonte bronzée		Demi-méridien cuivre, pied bois		Cercle et méridien	
		PRIX		PRIX		PRIX		PRIX		PRIX	
1	» 40	5	»	6	50	7	50	9	»	12	50
2	» 50	6	50	7	50	8	50	10	»	18	»
3	» 80	10	»	12	»	14	»	18	»	30	»
4	1 »	15	»	17	50	18	50	24	»	40	»
5	1 »	52	»	56	»	57	»	72	»	142	»

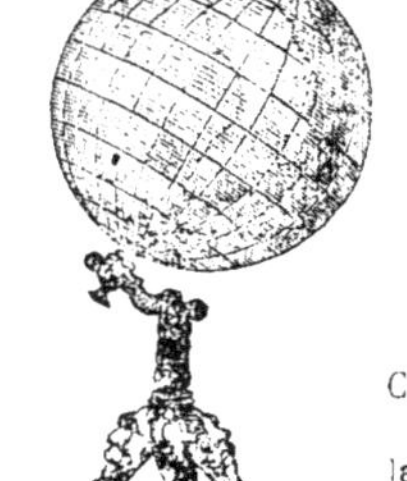

OCCASION

SPHÈRE TERRESTRE

Montée sur inclinaison sur l'écliptique, pied bois noir.
Circonférence : 1 mètre 14 50
Montée sur pied de fonte, bronze, franco de port et d'emballage. 17 50